매일을 쌓는 마음

매일을 쌓는 마음

윤혜은

오후의 소묘

차례

3 나로 사는 재능

일러두기

- 맞춤법과 외래어 표기는 현행 규정과 국립국어원의 표준국어대사전을 따랐지만 일부 통용되는 표기는 예외를 두었습니다.
- 단행본, 잡지는 《 》로, 시, 노래, 단편소설 등의 작품은 〈 〉로 묶었습니다.

프롤로그

기억을 쌓는 문장

하나

자주 떠올려서 외워버린 말들이 있다. 주로 소설 속 문장들인데 서사와 맥락은 지우고 오직 문장을 취하면서 일상의 어느 순간마다 멋대로 대입하곤 한다. 주로 나조차도 이해할 수 없는 어떤 순간의 나를 옹호하기 위함이다.

"어떤 순간이 한 번뿐이라고 하면 어쩔 줄을 모르겠다."*

책상 앞 전면 유리창에는 꼭 그런 순간들이 다닥다닥 붙어 있다. 친구들과 찍은 '인생네컷', 300쪽의 에세이를 단숨에 관통하는 두 문장이 적힌 띠지, '우리'나 '소박', '안녕' 같은 단어로 맞이한 어느 날들의 일력, 뉴욕

* 이주란, 《한 사람을 위한 마음》, 문학동네, 2019.

공립도서관에서 받은 버지니아 울프의 전시 팸플릿, 흐린 하늘 아래 크게 휘청거리는 나무가 담긴 엽서, 아껴 쓰고 있는 해바라기 마스킹테이프, 인스타그램 친구와의 첫 오프라인 산책길에 동행했던 그녀의 반려견 프로필 사진, 좋아하는 아이돌의 노래 가사로 제작한 스티커 등등…. 고개를 좌측으로 돌리면 보이는 에어컨도 사정은 비슷하다. 반대편 책장에는 편지처럼 조금 은밀한 기록들이 자리하고 있다. 적어도 책상 근처에 이러한 덧댐 없이 오롯한 평면으로 존재하는 공간은 거의 없다.

작업을 하다 문득 창문 밖 풍경을, 곳곳의 벽면을 조각조각 가려둔 나의 지난 순간들을 바라본다. 특히 저 홀로그램 스티커로 반짝이는 가사는 앞서 되뇐 소설 속 문장과도 너무 잘 이어져서 곱씹으며 오래 멍때리기도 한다.

"우리는 어떤 모습으로 기억될까
우리는 어떤 모습으로 변해갈까"*

---

* 온앤오프ONF, 〈여름의 끝〉, SUMMER POPUP ALBUM 'POPPING', 2021.

…어떤 순간이 한 번뿐이라고 생각하면 어쩔 줄을 모르겠다.

누군가는 내 자리가 정신 사납다고 말한다. 하지만 나로서는 이곳에 전시되지 않은 날들마저 아쉬워질 때가 많다. 어떤 순간은 이렇게 매일 눈앞에 있는데 그럼 다른 순간은 어떻게 되는 걸까? 내 자리는 얼핏 몇몇 추억들만 편애하는 신전 같아 보일 수 있으나 오히려 추억과 추억 사이의 행간을 더 또렷하게 만드는 데 일조한다. 사진으로, 엽서로, 메모로, 책갈피로, 스티커로, 하다못해 콘서트장에서 주운 한 조각 종이 꽃가루라도. 어떤 식으로든 부피를 갖고 있는 기억은 매번 애틋하게 시선을 사로잡지만, 이내 그렇지 못한 기억들이 훨씬 더 많다는 것을 상기시키면서 내 초점으로부터 서서히 멀어진다.

그렇다고 어떤 기억을 아무런 재료 없이 선명하게 떠올릴 재간은 없다. 일단 나는 기억력이 심각하게 나쁘니까. 군데군데 밋밋한 공백을 바라보며 아주 많은 날들이 있었음을 뭉뚱그려 되새길 뿐이다. 가끔은 내가 나 자신에게조차 보여주고 싶은 것만 보게끔 하는 건 아닐까(마치 알고리즘처럼), 작은 염려도 든다. 기록된 순간은 조금도 훼손당하지 않은 채 풀칠돼 있고, 심지어 시간을 슬쩍 붙잡아 두는 힘마저 느껴진다. 그리고 바로 그런 지점이 나를 문득문득 바깥으로 등 떠미는 것이다. 특정 기억에 너무 쉽게 독점당하지 말라는 듯이.

둘

박완서 선생님은 말씀하셨다. "난 아무것도 쓰지 않고 그냥 살아왔던 시간도 중요하다고 말해주고 싶다."* 쓰기가 아닌 순간에도 이런 자세가 필요할 것 같아서 외운 말.

그러나 내가 아무것도 쓰지 않고 살아왔던 시간이 별로 없음에 서늘해진다. 기억과 기록에 집착하는 것은 아이러니하게도 매일 일기를 쓰고 있기 때문인지도 모른다. 17년째, 빼먹은 날이 없으므로 앞으로의 날들도 놓치지 않아야 한다는 강박이 어쩌면 '기억 과로'의 상태를 만든 것은 아닐까. 어떤 일을 받아들이고 해석하

---

* 《쓰기의 말들》에서 재인용, 은유 지음, 유유, 2017.

는 과정보다 '어떤 일이 벌어졌음'의 연속으로 일기를 쓰고, 또 살아왔던 것 같다.

실제로 일기를 오래 쓰다 보면 (특히 나처럼 벽돌 같은 10년 일기장을 쓴다면) 가끔 어제가 오늘에, 오늘이 내일에 눌려 납작해지는 기분이 들 때가 있다. 그래서 일기를 대신해 하루를 손쉽게 기억할 만한 것들을 보기 좋은 곳에 늘어놓았겠지. 그 틈에서 일기에도 미처 쓰이지 못한 순간을 다시 발견하고 하루를 마저 채우다 보면… 오늘이 온다.

세상에는 정말 많은 일들이 일어난다. 내가 나의 기억들 속에서 안온하다는 게 이상하게 느껴질 정도로. 이제는 잘 쓰는 사람이 아니라, 잘 기억하는 사람이면 좋겠다. 기록보다 기억하려는 노력에 더 시간을 쓰는 밤을 보내고 싶다. 기억의 부피를 내 안에서 키울 수 있도록.

셋

대화를 나누던 중 불교가 바라보는 우주에 관한 이야기가 나왔다. 교리에 따르면 인간의 삶은 하나의 원 존재가 무한히 환생하는 것에 불과하다는 것이다. 나도, 너도, 재도, 애도 모두 하나에서 비롯된 것이라는 이야기. 즉 당신이 나고, 내가 당신이라는 말. 인간 존중에 관한 깨달음을 얻을 수 있는 말일 텐데 나는 이 말을 듣고 내가 의도적으로 혹은 무의식으로라도 외면하고 축소시킨 기억들을 떠올렸다. 그 기억까지도 모여 오늘의 내가 되었다는 게 믿을 수 없이 커다란 무게로 다가왔다. 애쓰지 않은 목표, 참여하지 않은 광장을 지나쳐서 도달한 오늘 앞에서 가끔 망연해진다. 평범한 나로 간절하게 살아가는 걸 부끄러워하다가, 부끄러워하고만 있지는 말아야지 한다.

윤이형 작가님은 소설 《개인적 기억》의 '작가의 말'에 이렇게 썼다. "자기 삶의 무게만으로도 매 순간 충분히 위태롭게 휘청거리지만, 자신의 문제가 남들의 그것에 비하면 너무 흔하고 사소하며 '개인적'이라는 수치심 때문에 아무 말도 하지 못하는 수많은 사람들을. 우리가 세계로부터 자꾸만 멀어지는 이유가 다름 아닌 부끄러움 때문이라는 건 슬픈 일이다. 그리고 자신과 세계 사이의 균형을 고민한다는 것은 결코 하찮거나 의미 없는 일이라 할 수 없다."*

기억력이 초능력자 수준으로 좋은 인물이 등장하는 이야기지만, 이 소설을 다름 아닌 '작가의 말'로 기억하지 않을 도리가 없었다. 전부를 외우진 못했으나 맥락을 떠올리면 괜히 배에 힘을 주고 걷게 된다.

작업을 마치고 노트북을 덮으니 내내 화면 뒤에 가려져 있던 투명한 책갈피 하나가 등장하고, 거기에는 또 다른 작가의 말이 쓰여 있다. "모두, 자신에게 기대고 있는 누군가의 마음을 잊지 않기를."**

내 기억을 차지한 이들의 기억 속에서 나는 어떤 순간, 어떤 모습으로 돋아날까. 우리 각자의 기억들이 아주 낯선 기억을 허락하는 데 관대한 모습으로 자리하고 있다면 좋겠다.

넷

"혜은 씨는 뭐든 열심히 하는 사람이죠. 그래서인지

---

* 윤이형, 《개인적 기억》, 은행나무, 2023.

** 장희원, 《우리의 환대》, 문학과지성사, 2022.

올해 큰 바닷물이 들어온다고 돼 있어요."

"와, 정말요?"

"그런데… 이게 한 번에 오지 않고 조금씩 나눠서 올 가능성이 커요. 내가 10을 노력한다고 10이 다 오는 게 아니라, 일단 5만 돌아오고 그칠 수도 있고요. 그러니 혹시라도 혜은 씨가 노력한 만큼 잘되지 않아도 속상해 말고 의연해져야 해요."

"네네, 그럴게요."

몇 해 전, 신뢰하는 사주 선생님은 내 신년운세를 가리켜 이렇게 말씀하셨다. 노력한 것만큼 돌아오지 않는 한 해일 거라고. 아, 그렇구나. 나는 즉각 고개를 끄덕였다. 누가 들어도 아쉬울 법한 운세인데 이상하게 아무렇지 않았다. 너무 지나치게 긍정해서 오히려 실망한 기색을 숨기려는 것처럼 보일까 봐 그게 신경 쓰일 정도였다. 하지만 나한테 그해 운세는 앞으로 닥쳐올 미지의 운명이라기보다는 익숙한 현실 그 자체였다. 이런 운세니까 가능한 한 의연하게 지내는 것이 마음 건강에 좋을 거라는 조언도, 사는 동안 수없이 되뇐 익숙하기만 한 주문이었다.

노력한 만큼 오지 않은 것에 대해 나는 억울한 심정이 없다. 일단 시도하면 무엇이든 남는다는 인과에 조금 더 감격하는 편이기도 하고, 나란 인간은 원래 10을 바라면, 꼭 20을 미리 해두는 사람이니까. 그러므로 선생님의 말씀은 오히려 계속 살던 대로 살아보라고 확신을 더해준 셈이었다. 누군가는 정신승리라고 할지 모르겠다. 그것도 맞는 말이다. 내가 마주하게 될 상황보다 항상 나의 정신이 승리하는 것. 어쩌면 그것이야말로 내가 궁극적으로 바라는 일인지도. 한 번의 결과로 포기를 상상하기보다, 한 번도 지지 않은 마음 한 줌을 손에 쥐는 것 말이다.

사주카페를 나오자 기다렸다는 듯 함박눈이 내리기 시작했다. 아무리 쌓여도 내가 가뿐한 마음일 거라는 걸 아는 것처럼, 안심하고 펑펑. 눈보라로 번지는 시야 속에서 나는 맨손을 가볍게 말아 쥐고 걸었다. 그리고 집에 돌아가 이런 일기를 썼다.

작년 이맘때엔 사주 선생님으로부터 한 해 동안 변화가 아주 많을 거고, 내게 다가오는 도전들이 버거워도 다 소화해야 복으로 돌아온다는 말을 들었다. 집에 가는 내내 1년이 어떻게 흘러가려나, 두려우면서도 두근거렸는데. 돌이켜 보면 결국 그 말을 등불 삼아 마지막 하루까지 주어지거나 스스로 벌인 일들에 '한 걸음 더' 노력할 수 있었다. 그럼 그 시간 동안 쌓인 복은 어디에 있는 거지? 문득 궁금해진다. 어쩌면 지금이 부지런히 적립해 둔 복들을 써야 할 때인지 모른다. 올해 내가 꼭 절반만큼만 행복할 운명이라면, 나머지 절반은 작년으로부터 넘어오는 복들이 채워주려는지도!

쓺으로부터

일기인간

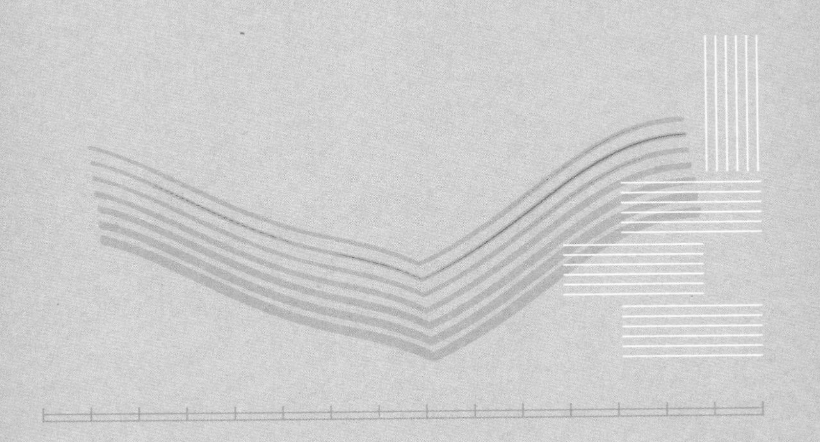

무수한 오늘이 양옆으로, 또 위아래로 짜여 있는

10년 일기장의 구조나 규모의 특성상

나는 하루하루를 오늘에서 내일로 넘어가는 것보다

빼곡하게 쌓이는 것으로 감각한다.

✦

스물여덟 살부터 쓰기 시작한 두 번째 10년 일기장의 여정도 2년이 지나면 끝이 난다. 와, 이제 2년만 더 쓰면 된다니…! 아니, 되다니? 되긴 뭐가 돼? 그냥 다 쓴 일기장이 되겠지. 무엇보다 그걸 끝이라고 할 수는 없다. 보통의 일기장이라면 한 해를 완전히 떠나보내고 새 1년을 맞이하는 기분이겠지만 10년을 함께한 일기장은 더 이상 내 하루에 내어줄 새 칸이 없대도 좀처럼 이별하는 것 같지가 않다. 어차피 다음 날에도 나는 일기를 쓸 테니까. 세 번째 일기장은 두 번째 일기장이 있어야만 등장 가능한 존재니까.

이전 휴대폰의 마지막 역할은 새 핸드폰의 사진을 찍는 일이라고 했던가. 파워 F형 인간답게 그 트윗을 찡하게 바라보았는데, 휴대폰보다 오래 곁에 두고 쓴 10년 일기장은 다가오는 마지막 칸 앞에서도 어쩐지 마음이 잔잔하기만 하다. 두 번째 10년 일기장의 마지막 역할은 세 번째 10년 일기장에게 배턴을 넘겨주고 역사의 뒤안길로 사라지는 게 아니라, 새 10년과 합체하면서 제 부피를 키우는 일에 더 가깝다. 나 역시도 살아가는 동안 만난, (맘에 들고 안 들고를 떠나서) 지금까지 탈락하지 않고 유지되어온 나'들'과 행진하는 기분으로 일기를 쓰고 있고.

매일 일기를 쓰다 보면 나도 뭔가 달라지지 않을까? 하는 기대는 일찍이 접었다. 일기 쓰기는 오히려 새로운 나를 기대하는 것을 어렵게 만들었다. 변하지 않을 거란 확신에서가 아니라, 하루아침에 달라지는 나를 상상하는 일 자체에 어려움을 느끼는 방식으로 말이다. 무수한 오늘이 양옆으로, 또 위아래로 짜여 있는 10년 일기장의 구조나 규모의 특성상 나는 하루하루를 오늘에서 내일로 넘어가는 것보다 빼곡하게 쌓이는 것으로 감각한다. 그렇게 쌓여 있는 '오늘들'로부터 뒤늦게 나를 비춰보게 되는 순간이 많았다.

한창 매일 일기 쓰는 나에 대한 자부가 있었을 때에는 "쓰지 않고 지나간 날은 마치 존재하지 않았던 날 같다"라는 말을 하곤 했다. 누군가 왜냐고 물으면 기억력의 범주에서 답할 수밖에 없었는데, 그럴 때마다 일기가 마치 기억을 보조하는 장치로 여겨져 더 적확한 이유를 찾고 싶었다. 돌이켜 보니 그 시절의 오늘은 무엇과도 연결돼 있지 않고 그냥 단일하게 존재했던 것 같다. 일단 오늘을 써야지. 오늘을 잊지 않고 쓰기에도, 오늘 하루만 잘 살기에도 쉽지 않다고 생각하면서 괜히 빠듯한 마음으로 일기장을 펼쳤다.

지금은 일기장 속 '비어 있는 오늘'을 보면, 쓰지 않은 하루보다 그다음에 올 '내일'을 미리 잃어버린 듯하다. 오늘이 없는데, 어떻게 내일이 있을 수 있지? (오늘을 흥청망청 허비하는 사람에게 '내일이 없는 사람 같다'는 말은 얼마나 마침맞은 표현인지.) 몇 시간 후에 도착하는 내일의 나는 오늘의 나와 다름없겠지만, 언제나 오늘의 나로부터만이 내일의 내가 존재할 수 있다는 사실에 무게가 더해지곤 한다. 오늘은 어제로서의 결과도, 오늘만을 위한 단독적인 하루도 아니고, 내일을 있게 하는 가장 최근의 현재다. 그런 인식에는 묘한 책임감이 따라온다. 하루를 감각하는 삶의 거리가 오늘에서 내일까지로 늘어난 만큼 얼마나 넉넉한 마음으로 살아냈는지는 이 시간이 쌓여 또 하나의 시절이 된 그때에 일기장이 말해주겠지.

이런 변화를 나는 세월이 부린 마법이 아닌 '일기를 쓰면서 달라진 점'이라고 느낀다. 일기를 쓰다 보니 이런 날도 오는구나, 유일한 이유는 그것뿐이라는 듯 끄덕인다. 미미하고 느린 변화를, 사사롭고 답답하단 생각조차 하지 못한 채 반가워한다. 뜻대로 움직여지지 않는 인생에서 오직 내 의지로 밀고 나가는 일이 있다면 그건 일기 쓰기일 테니까.

소설 《핫 밀크》의 주인공은 액정이 부서져도 작동하는 노트북을 보며 "내 인생 전부를 담고 있어 어느 누구보다 나에 대해 많은 걸 알고 있는 것"이라고 안도하는 한편 "이게 고장 난다면 나도 고장 날 거란" 섬찟한 예감을 한다. 일기장을 향한 내 마음도 꼭 이렇다. (아니 조금 더한가?) 만약 지금부터 일기를 쓰지 않는다면, 그런 나를 오롯이 나라고 할 수 있을지 잘 모르겠다. 일기가 없는 나는 '전부를 간직한 나'는 아닌 것이다. 점점 희미해지고 영영 잊어가면서 '근거리의 나'만 선명해지는 나를 상상하니 왠지 풀이 죽는다.

이 말은, 일기장에 의지하지 않고서는 내 삶을 자신할 수 없다는 소리처럼 들린다. 일기장 속의 하루도 편집된 기록물일 뿐이지만, 그 모든 부분을 합쳐놓은 일기장만큼 나를 '전체'로 알고 있는 존재는 없다. 그러므로 가끔은 나보다 더 나 같은 일기장. 간혹 이름을 붙여주었는지 묻는 사람들이 있다. 이름을 지어주지는 않았지만, 일기장에 어떤 입장이 있으리라는 생각은 줄곧 했다. 이렇게 한 사람을 충분히 알아버린 일기장이라면, 어느 순간부터는 그에 대한 일기장의 평가랄지, 마음도 생겨날 수 있지 않을까.

일기장의 답 같은 건 영영 들을 길 없는 내가 할 수 있는 일이라곤 일방적으로 나를 알아가기만 하는 일기장에게 아주 가끔이나마 낯선 나를, 나도 모르게 보여주는 것이다. 이런 내가 되었어,라는 혼잣말을 누구보다 환영하며 들어줄 이가 있다면 그건 분명 일기장일 테니까.

나의 두 번째 10년 일기장에는 첫 번째 10년 일기장을 읽고 쓴 일기가 있다.

늘 각오가 필요한 삶을 어떻게 사랑할 수 있었겠어?

이제는 잘 희망하고 싶다. 자신 없이도 기대하고 싶다.

어쩌면 나에게 달라진다는 건, 아주 모르는 나를 마주하는 것이 아니라 일기장에 이미 쓰여 있는 나를 좀 너그럽게 봐주는 일 아닐까? 무엇에든 쉽게 애쓰는 쪽으로 기울어지는 나를, 그렇지만 자주 쓸쓸히 제자리로 돌아오고 마는 나를, 시시하게 여기지 않고 한발 물러서서 지켜보고 싶다. 내 일기장처럼.

2023년 3월 8일

지금 나한테 필요한 건 내가 하고 싶은 걸 애써 해낸 뒤에 아무렇지 않게 지켜보는 경험이다. 그런데 오늘, 정반대의 인터뷰를 읽었다. '편안해져야겠다는 마음이라기보다, 이 시를 쓸 때 저는 이미 편안해졌어요.'*

---

* 임솔아 시인이 노태훈 문학평론가와 나눈 인터뷰 중에서. 《시소 두번째 : 2023 시소 선정 작품집》, 자음과모음, 2023.

카프카식 일기 쓰기

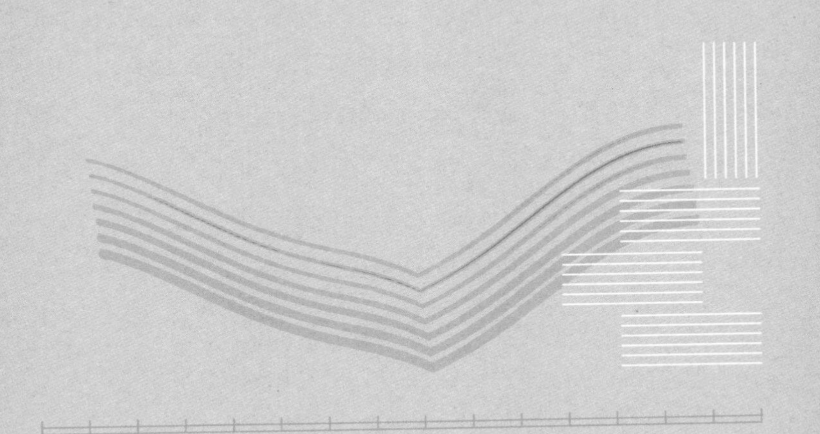

이도 저도 아닌 채 어긋난 기록은

뻔한 나로 살아낸 하루가 아니라 내가 만들어낸 하루가 되므로,

일기를 밀려 썼다기보다 아주 짧은 이야기를 쓴 것 같다.

✦

쓰는 것보다 읽는 쪽이 언제나 훨씬 재미있다. 일기도 당연히 그렇다는 것을 대문호들의 일기를 보면서 알았다. 남의 일기는 훔쳐야만 읽을 수 있지만, 대문호가 남긴 일기는 비록 당사자와 합의는 되지 않았을지언정 후세들로 하여금 합법적으로 열람할 수 있게끔 출판된 덕분에 종종 일기도벽처럼 남의 일기가 궁금할 때 펼쳐 보곤 한다. 그러다 보니 나도 모르게 좋아하는 노랫말을 흥얼거리듯, 문득 떠올라 버리는 일기들이 생겼다. 카프카의 짧은 일기들이 특히 그렇다.

> 1912년 2월 25일
> 오늘부터 일기를 꼭 쓸 것! 규칙적으로 쓸 것! 포기하지 말 것! 설령 아무 구원도 오지 않더라도 나는 언제라도 구원을 받을 만한 가치가 있고 싶다.*

이미 쓰고 있는 사람만이 무언가를 쓰자고, 써야 한다고 매번 다짐한다. 써본 적이 없으므로 쓰지 않는 사람은 도무지 써야 할 필요를 느끼지 못한다. 이 분야의 단골 장르는 물론 일기인데, 그런 점에서 충분히 열렬히 일기 쓰기를 하는 사람이 일기로 고통 받을 때, 그 고통을 다름 아닌 일기장에 남겨두었음을 확인하는 것…. 너무 재미있다.

> 1912년 3월 16일
>
> 다시 용기를 낼 것. 공들이 떨어지면, 떨어지는 순간에 받아내듯이 나는 다시 내 마음을 붙잡는다. 내일, 오늘, 나는 비교적 큰 작업을 시작할 생각이다. 이 일은 억지로 하지 않고 나의 능력에 맞게 조율되어야 한다. 내가 버틸 수 있는 동안은 그 일을 그만두지 않을 것이다. 이런 식으로 어영부영 살아가느니 차라리 불면의 밤을 보내겠다.**

---

* 프란츠 카프카, 《카프카의 일기》, 이유선 · 장혜순 · 오순희 · 목승숙 옮김, 솔, 2017.

** 같은 책.

일기인간들은 대체로 비장하다. 프란츠 카프카도, 버지니아 울프도, 실비아 플라스도 그렇다. 비장한 사람들 모두가 일기를 쓰는 것은 아니겠지만, 일기 쓰는 이들에겐 저마다의 '비장력力'이 어려 있다. 아, 비장함을 은근슬쩍 능력으로 취급하고 싶어 하는 내가 보인다. '비장하다'의 사전적 의미는 '슬프면서도 그 감정을 억눌러 씩씩하고 장하다'인데, 그야말로 일기인간들의 일기장 속 인기 무드면서, 그들이 삶을 견디는 기본적인 자세나 다름없다. 따라서 일기인간들이 참을 수 없는 것은 바로 이 비장함으로부터 시도한 것들이 훼손당하는 일일 텐데, 아이러니하게도 비장함은 외부로부터든 내부로부터든 상처 입음으로써 더욱 강해지므로 가히 능력의 영역에 들어갈 만하다. (이것조차 너무 비장한가.)

일기 앞에서라면 나는 지금처럼 쉽게 일반화의 오류를 범하게 된다. 그러나 내게도 뻔뻔하게 자부할 수 있는 구석이 하나쯤은 있다는 게 좋다.

그런 주제에 요즘은 일기가 밀리고 있다. 별일은 아니다. 일기를 17년 정도 쓰다 보니 나란 인간은 일기가 아무리 밀려도 3일을 넘기는 법이 없다는 데이터가 쌓였기 때문이다. 헉, 내 정신 좀 봐. 요즘 일기 너무 안 쓴 것 같은데? 하고 일기장을 펼치면 길어야 2~3일 정도의 공백만이 물끄러미 드러나 좀 머쓱해지곤 하니까. (일기를 아무리 오래 써도 일기를 밀리는 게 인간이구나… 하는 허탈함에는 익숙해졌다.) 일기를 밀려 쓸지언정 공백 없이 빼곡한 일기장을 가질 수 있는 건 이런 좁은 간극 때문일 것이다. 지나쳐버린 날의 실마리를 찾기 위해 휴대폰 사진첩이나 인스타그램 스토리 보관함을 훑어보는 대신 그냥 그때 떠오르는 아무 말, 아무 생각을 적어둔다는 점도. 그렇게 이도 저도 아닌 채 어긋난 기록은 뻔한 나로 살아낸 하루가 아니라 내가 만들어낸 하루가 되므로, 일기를 밀려 썼다기보다 아주 짧은 이야기를 쓴 것 같다.

일기를 쓴다는 건 오늘이 지나면 사라질 노선을 마지막으로 운행하는 일이라고 생각한다. 그래서 이왕이면 사려 깊은 버스 운전사가 되고 싶다. 가까워지는 정류장에 기다리는 사람이 없어 보여도 슬며시 속도를 늦추고, 골목에서 헐레벌떡 뛰어나올지도 모를 누군가를 기뻐게 맞이할 수 있도록 말이다.

와중에 한 달에 일기를 세 번만 쓴 여름이 발생했다. 30일 중 3일만 썼다는 게 아니라, 열흘씩 일기를 밀려 썼다는 소리다. 줄지어 늘어선 빈칸에 밀린 하루 대신, 전혀 다른 이야기를 쓰기 시작한 것은 그때부터였다. 모든 날들을 재편집할 자신도 없었을 뿐더러, 눈앞에 펼쳐지는 삶의 층위가 너무 두터워서일까. 애써 모으고 이어 붙인 날들이 그럴듯하기보다 좀 누더기 같기도 하고, 긁어 만든 부스럼처럼 보였기 때문이다. 강박으로 기록한 하루가 나에게 무슨 의미가 있을까 싶기도 했다. 이런 열심은 멀쩡한 오늘마저도 질리게 만들 텐데.

그럼에도 공백을 그대로 두고 볼 수 있는 인간은 아니어서, 두서없는 마음을 풀어낸 것이다. 그건 내가 아직 일기를 쓰지 않았던 시절로부터 오기도 하고, 앞으로 써야 할 날들로부터 오기도 하며, 내가 없는 세계에서 오기도 했다. 어느 날, 어느 곳, 내가 아닌 누구의 일기에라도 갖다 붙일 수 있을 법한 이야기가 생뚱맞게 끼어 있다는 게 마음에 들었다. 나는 일상의 많은 부분에서 예외나 의외보다 전형적인 것을 좋아하는데, 가장 전형적으로 대하기 쉬운 일기에서 나만 아는 이탈을 해 버린다는 사실이 조금 짜릿하기까지 했다.

그렇다고 계속해서 밀린 일기 쓰기를 즐기고 싶지는 않고, 어쩔 수 없이 마주하게 되는 그 게으른 시간을 대수롭지 않게 여기게 됐다. 해가 깊어질수록 나한테 그 의미가 점점 무거워지기만 하는 10년 일기장이 조금은 힘을 뺄 수 있도록 쉬어가는 타임. 밀린 일기를 쓰는 동안, 탑승해야 하는 승객을 무시한 무성의한 버스가 아니라 운행종료 표지판을 단 막차처럼 홀가분하게 내달리는 시간을 얻었다. 덕분에 나는 일기장 앞에서 조금 더 시시콜콜해졌고 이 기록에는 권태가 끼어들 틈이 없다.

혹시 내가 너무 많은 의미를 부여하고 있는 것처럼 보인다면, 맞다. 이 모든 것이 단지 일기를 계속 쓰기 위함이라는 것이 스스로도 의아하니까. 나는 왜 이렇게 일기를 좋아하지, 일기에 집착하지.

> 나는 일기 쓰는 것을 더 이상 포기하지 않을 것이다. 여기에서 나를 확인해야만 한다. 여기에서만 그럴 수 있기 때문이다.*

카프카가 100년 전에 내린 답이 여전히 유효하다는 점에서, 나의 일기도 계속되어야 하는지 모른다.

> 빈칸을 보면서 다짐한다. 내가 읽고 싶은 이야기를 쓰자고. 이야기에서만이 아니라, 일기도 그럴 수 있을까. 내가 보고 싶은 하루를 사는 것. 얼마큼 해낼 수 있을지는 몰라도 나에게 잘 보이는 하루를 살아내자고, 그래 볼 수 있다고, 말을 바꿔본다. 그런데 밀려 살지 않는 하루야말로, 나에게 주고 싶은 이야기를 쓰는 하루가 아닌가?
> —어느 날의 밀린 일기 중에서

---

* 같은 책.

쓰는 마음, 쓰는 자리

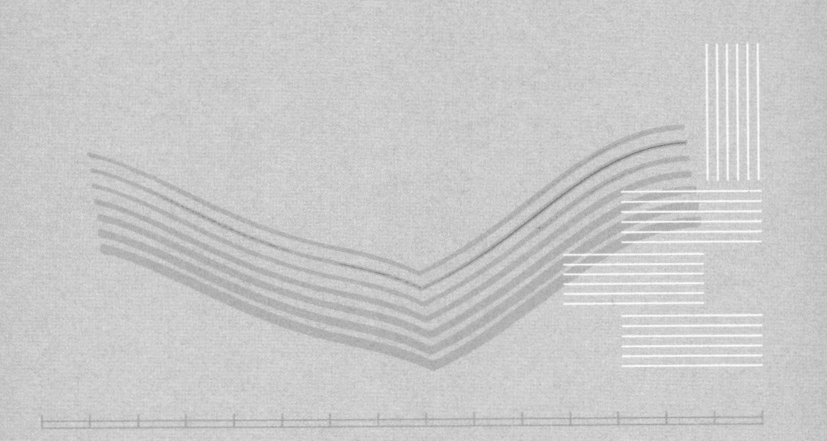

쓰는 일은 흔들리며 흩어져 있는 것을
붙잡아 자리를 만들어주는 일 같다.
쓰고 나면 나만 그곳에서부터 조금 멀어져 있다.
마치 내가 이다음으로 건너가기 위해
스스로 징검다리를 놓은 것처럼,
비로소 지면 밖으로 나온다.

✦

나의 읽고 쓰는 마음은 어떻게 소진되고 또 회복되는 걸까. 마감이 한창일 때, 일부러 브레이크를 걸 듯 멈춰본다. 종종 아수라장이 되는 일상 속에서도 꿋꿋하게 작업을 해나가는 스스로가 마음에 들 때, 이렇게도 괜찮은가? 하고 돌아보는 것이다. 글이 아니라 내가.

글을 쓸 때 나는 아직 무리하지 않는 법을 모른다. 어떤 게 '무리'인지에 대한 기준이 없다. 가끔 잠을 너무 적게 자서 주변에 걱정을 사는 것 말고는 글을 쓸 때 들이는 무리가 내게는 별로 무리가 아니다. 쓸 수 있는 글, 쓰고 싶은 글을 쓰기로 한 만큼 쓰는 것이 힘들지 않다. 글을 잘 쓰고 못 쓰고의 얘기가 아니라, 글을 쓰는 어려움에 대한 역치가 높다는 것을 최근 들어 깨닫고 있다. 쉽게 쓴 글은 하나도 없지만 그 모든 글이 제각각의 어려움을 반드시 마주한 뒤 완성된 글임을 알기에, 쓰는 동안에는 기복이 별로 없는 편이다. 결국엔 이 글도 써낼 것이므로. 뭔가를 시작하거나 건너가는 와중에 틈틈이 맨 마지막을 상상할 수 있는 건 내게 글이 유일하다. 나는 도대체 왜 이 모양인지 알 수 없는 날이 허다한데, 쓰고 있는 나에 대한 믿음만큼은 비교적 균일하게 유지된다.

왜지, 왜 이렇게 당당하게 썼지. 하지만 정말이다. 이건 근거 없는 자신감이라기보다는, 해낼 수 있다고 스스로 믿지 않고서는 절대로 쓸 수 없다는 뜻이니까. 결국 내가 해내기를 간절히 바라는 것이 꼭 이 글 한 편이라는 건데… 이걸 좋아해야 하는 건지는 모르겠다.

그래도 뭔가를 쓸 때에, 쓰는 고민만 하면 된다는 점이 좋다. 이 문장에서 다음 문장으로, 계속해서 다음으로 넘어가야 하는 일. 한참을 되돌아오거나 가끔은 처음부터 다시 시작하게 된대도 결국 가야 할 곳은 여기가 아닌 다음, 이 지면 안에서 벌어지는 일이니까. 그 막막함 속에서 기묘한 안락을 느낀다. 평소에 느끼는 불안과 예민함의 정도를 생각하면, 작업할 때 가장 평정심을 유지한다는 게 의아하지만 말이다. 그리고 마침내

긴 글이 하나의 작은 마침표로 마무리될 때, 쓰지 않을 때의 내가 고생스러워서 다행이라고 생각한다. 모든 글은 쓰는 순간의 나보다 무엇도 쓰지 않고 그냥 살아낸 날들의 나를 더욱 필요로 하니까. 그런 날들을 모아서 유감없이, 유정한 마음으로 쓰고 있다.

쓰는 일은 흔들리며 흩어져 있는 것을 붙잡아 자리를 만들어주는 일 같다. 쓰고 나면 나만 그곳에서부터 조금 멀어져 있다. 마치 내가 이다음으로 건너가기 위해 스스로 징검다리를 놓은 것처럼, 비로소 지면 밖으로 나온다.

그런데 좀처럼 다음으로 넘어가지 못하는 시기가 찾아왔다. 여러 편의 글을 쓰고 나서도 계속 제자리걸음을 걷는 것 같았다. 슬럼프나 번아웃과는 조금 다른, 오롯이 혼자만이 느끼는 쓰는 마음이 갑자기 커다란 외로움으로 나를 짓눌렀다. 이미 비슷한 기분을 겪어봤을 동료에게 와르르 털어놓는다고 해소될 감정이 아니라, 그저 이 쓸쓸함을 잘 데려가야 하는 것을 알았으므로 외로움은 더욱 선명해져만 갔다. 어떡해야 하지? 그냥 참으면 되나? 이것도 시간이 해결해 주나? 이건 분명 글을 쓰면서 생긴 외로움인데, 바로 그 외로움 때문에 작업이 더뎌진다는 사실에 짜증마저 났다.

그런 하루 중 후배 J에게서 연락이 왔다. 합정에서 글을 쓰다 망원으로 넘어가는 길이라고 했다. 나는 책방으로 곧장 초대했고, 마포 일대를 돌아다니며 작업하는 하루를 보내던 J의 그날 마지막 작업 장소는 그렇게 '작업책방 씀'이 되었다.

J가 온 날은 근래 만난 주말 중 가장 바쁜 토요일이었다. 손님들이 끊임없이 왔다 갔고 그중 많은 손님이 실구매자였다. J에게 커피를 내려주고, 쿠키를 나눠 먹고, 스트레칭을 하고, 서가 사이로 J의 작업하는 모습을 보고, 다시 내 키보드를 두드리기를 반복하는 사이 해가 저물고 마감 시간이 되었다. 나는 친구가 놀러 온 날 바쁜 것을 별로 좋아하지 않는 한량 사장인데 왠지 이날은 씀의 분주함에 뿌듯한 기분이 들었다. 조금은 잘 나가는 언니처럼 보이고 싶어서였을까?

너무 작위적으로 보일까 봐 J한테 이야기하진 않았는데, 마침 최근에 일기를 쓰다 사로잡힌 오래된 일기 중에는 서로 얼굴도 본 적 없던 시절 J가 남긴 편지가 끼어 있었다. '어쩐지 작가님을 떠올리면 언제고 제 삶에 소중한 인연이 될 분이 저를 기다리고 있는 듯한 착각이 듭니다….'

이런 깜찍하고 과도한 편지를 쓸 줄 아는 친구라면 분명 나와 닮았을 것만 같아 궁금했는데. 어느새 J가 나를 언니, 언니, 부르면서 열심히 작업하고 있는 모습을 보는 게 좋았다. 누군가를 기다리고 있었던 것 같은 기분이 뭔지 조금 알 듯했다. 이날의 나는 꼭 그랬으니까. 그리고 마음은 꺼내놓지 않으면 닿을 수 없어서, J에게 오늘 네가 와서 정말 좋다고 말해주었다.

셔터를 내리고 J와 각자 포장해 온 저녁을 먹으면서 요즘 갖고 있는 작업에 대한 고민들, 익숙한 오늘을 대하는 데 부치는 마음들을 나눴다. 아. 방금 쓴, 저녁을 포장했다는 말이 마음에 든다. 서로에게 다 털어놓을 수는 없는 사정들이야 있겠지만 이날 가장 시급하게 달래고 싶은 것, 이날 가장 버거웠던 것을 툭 내려놓았다가 다시 내일로 잘 데려갈 수 있게 소중히 포장하는 데 성공한 하루였으니까.

어느새 나는 J와 다짐을 나누고 근거 있는 확신을 채우고 있었다. 혼자 있을 땐 절대로 불가능하리란 생각에 사로잡히고, 그래도 어쩔 수 없다는 마음으로 약간은 체념한 채 지냈는데, J와 보낸 저녁은 과연 요즘의 내가 맞나 싶을 만큼 생기가 있었다. 누군가 위로는 '위로'라는 단어로 오지 않고, 다만 나의 상태를 정확히 돌아보게 하는 순간을 만날 뿐이라고 했던가. J의 고민 앞에서 나는 말을 고른 뒤 "있잖아~ 내가 정말 좋아하는 말인데~"라고 운을 떼다 웃음이 났다. 보통 친구들과 이야기할 땐 그렇지 않으니까. 하고 싶은 말이 있을 때 좋아하는 작가님의 말이나 글을 육성으로 인용하는 게 자연스러운 우리가 우스워 웃었더니 J가 더 기대하는 눈으로 쳐다봤다.

"글을 쓰는 어려움에 바싹바싹 마르는 것 같으면서도 속에선 뭔가 조금씩 살이 찌고 있는 것 같아 보람을 느꼈다."*

라고, 내가 박완서 선생님의 말씀을 들려주자, J는 기다렸다는 듯 김소연 시인의 말로 응답했다.

---

* 박완서, 《모래알만 한 진실이라도》, 세계사, 2022.

"한 사람이 불면의 밤마다 살아서 갈 수 있는 한쪽 끝을 향해 피로를 모르며 걸어갈 때에, 한 사람은 이불을 껴안고 모로 누워 원 없이 한없이 숙면을 취했다. 이 두 가지 일을 한 사람의 몸으로 동시에 했던 시간이었다."*

그리고 이날은 둘 다 피로를 모르며 걸어가기로 한 하루. 우리는 다시 각자의 테이블로 돌아갔다.

*

J가 돌아간 뒤 며칠 사이로 지원해야 하는 일들이 있었다. 두 가지 공모전에 응모할 작품을 각각 추리고 포트폴리오를 만드는데, 지금까지 나는 내 글들과 함께 해왔다는 것을 깨달았다. 내가 괜찮을 때에도, 그렇지 않을 때에도 나를 등지고 쌓아온 이야기들이 필요한 순간 눈앞에 나타난 느낌이다. 적어도 지금 같아서는, 무엇이 되지 못해도 괜찮을 것 같다. 이제 내가 할 일은 결

* 김소연, 《i에게》, 아침달, 2018.

과를 기다리는 것이 아니라 다시 나의 내일로 넘어가는 것일 테니까. 그곳에서 마침맞게 만날 나의 이야기를 쌓아가면서.

외로움은 함정일 뿐, 쓰고 있다면 결코 혼자일 수 없다는 단순한 비밀 하나를 풀고 이다음으로 간다.

책방이 있으니까 괜찮아

책방을 하며 통과하는 삶이 내게 위안이 되고,
필요하다고 믿어지고, 점점 더 당연해진다.
그러므로 다시 책장을 채우고,
사람들을 불러 모아서 새 한 달을 또 지켜낸다.
더는 이 넓은 세상 한구석에서 내 마음에 드는 곳을 찾기 위해
헤매지 않아도 된다.

✦

지금은 문을 닫은, '영화책방35mm'의 1주년을 기념하는 자리에서 나는 작가이자 책방 주인으로부터 한 권의 책 선물과 작은 쪽지를 받았다.

'혜은 씨가 스스로 얼마나 운이 없는 사람인지를 쓰다가 사실은 운이 좋았다는 걸 깨달았다고 했잖아요. 그때 속으로 이런 생각을 했어요. '나를 만난 건 운이 좋은 사람인 건데?' 물론 인연은 쌍방이지요. 혜은 씨와 함께한 시간을 되짚어 볼 때마다 내가 얼마나 운이 좋은 사람인지를 실감해요. 앞으로도 노예 1호로서 35mm를 지켜주세요.'

애정했던 그곳을 생각만큼 오래 지켜내지는 못했지만, 대신 그와 함께 새 책방을 열었다. 단골손님이자 노예 1호였던 나는 그의 옆자리에 앉은 동업자이자 '작업

책방 씀'의 작업자 2호로 신분이 격상되었고, 상승된 건 이뿐만이 아니다. 언제부턴가 책방을 하고 있다는 사실만으로 이 삶 전체를 올려치기 시작한 것이다. 책방으로 출근하는 오늘이 있는 한 다른 것은 아무래도 상관이 없어지는, 이른바 '책방이 있으니까 괜찮아' 주문.

코로나 시국에 난생처음 '초'소상공인이 되어 다채로운 시련을 겪는 와중에도 꾸역꾸역 책방을 하고 있다는 사실이 이상하리만치 좋았다. 책방을 하면서 내 삶의 저울은 형평성을 아주 잃어버렸는데, 말하자면 이런 식이다. 슬픔, 우울, 분노, 좌절 같은 것들이 나를 짓누르고 있으면 마음 한켠에서 책방의 일상이 기지개를 켜고 내가 넘어오기를 기다리고 있다. 반대편에 무엇이 있어도 책방은 제 쪽으로 수평을 끌어 내린다. 그러면 밤새 심연 아래를 들여다보고 있던 마음이 한순간 떠올라 차츰 흩어지고 몸만 스르르, 책방으로 미끄러진다. 눈앞의 하루가 시작된다.

책방이 내가 사로잡힌 것을 대수롭지 않게 만들거나 가려주지는 않는다. 책방에 언제나 내가 직면한 상황이나 감정보다 중요하게 처리해야 할 일이 있는 것도 아니다. 오히려 책방 안쪽의 일들은 책방 바깥의 사정보다 대체로 아기자기하다. 그런 말랑한 데서 오는 힘이 있는 걸까. 업계 밖 사람들에게 책방은 낭만보다 30퍼센트의 수익으로 굴러가는 곳이라고 짠내 나게 말하지만 솔직히 내가 발붙이고 있는 현실 중 가장 푹신하다는 점에서 나를 적당히 내던지기 좋은 곳이 된다. 네모반듯한 공간에 네모난 책들로 빼곡한 책방은 의외의 탄성을 지녀서 그곳으로 들어서는 나를 매일 한 번씩 튕겨낸다. 처음엔 시간이 지나면 사라질 불안한 설렘, 낯선 떨림인 줄로만 알았다. 하지만 책방을 운영하는 해가 거듭되어도 그 '약간의 들뜸'은 여전했고, 이제 나는 그걸 '가장 작은 단위의 내가 되는 느낌'으로 받아들인다. 비대해진 나를 털어낼 때마다 어깨 위에 붙어 있던 근심과 고민도 기댈 곳을 잃고 잠시 물러난다. 그러면 나는 작은 나로서 할 수 있는 사사로운 일들—책을 읽고 글을 쓰다가 사람들과 시시한 이야기를 진지하게 나누는—을 한다.

열 평 남짓한 세상은 나의 일터이자 방공호. 이 공간에서 벌어지는 일들에 긴장하며 집중하는 동시에 바깥으로부터는 아늑하게 숨어들 수 있다. 이게 우선순위여도 되나 싶은 일에 몰두하고 나면 신기하게도 당장 어쩌지 못해 씨름하던 세계와도 차츰 눈을 맞추게 된다. 물론 책을 팔아 월세를 내고 다시 또 책값을 치를 수 있어야 유지되는 일상이다. 매달 말일 통장에 찍히는 숫자는 가차 없고 수익은 들쑥날쑥하다. 하지만 공간을 가꾸고 이야기를 살핀 흔적은 다른 방식으로도 누적된다. 책방을 하며 통과하는 삶이 내게 위안이 되고, 필요하다고 믿어지고, 점점 더 당연해진다. 그러므로 다시 책장을 채우고, 사람들을 불러 모아서 새 한 달을 또 지켜낸다.

더는 이 넓은 세상 한구석에서 내 마음에 드는 곳을 찾기 위해 헤매지 않아도 된다. 처음 책방을 하겠다고 결심했을 때만 해도 완전히 반대로 했던 생각이다. 삶이 거부할 수 없는 소용돌이 속으로 걸어 들어가고 있구나, 얼마나 휩쓸리게 될까. 잔뜩 헤맬 것을 각오하고 시작한 일이다. 이쯤에서 한 번쯤은 습관처럼 살아보지 않아도 될 것 같아서 그랬다. 더 솔직히 말하면, 정말로 다른 식으로 살고 싶은 바람이었다기보다는 눈치를 보며 돋아난 자신감을 눈치껏 모른 척하고 싶지 않았다. 스스로에게 모종의 허세를, 괜한 배신을 부려보고 싶었는지도 모른다. 그러나 돌이켜 본 책방에서의 시간은 착실하게 나아간 노력뿐이었다. 인터넷을 떠도는 유명한 잠언처럼, 헤맨 만큼 길이 된 거겠지만 동업자와 함께한 덕분에 책방이 갈피를 잡지 못하고 흔들릴 때에도 안전한 모험처럼 느낄 수 있었다. 그는 이미 한 차례 모험을 마치고 온 선배였으니까.

영화 〈해리포터와 비밀의 방〉에서 덤블도어 교수는 해리에게 말한다. "우리의 진정한 모습은 실력에서가 아니라 선택에서 나온다"라고. 그러므로 한동안 동업자가 진저리를 친, 그를 혼자 부채감에 빠트리기도 했을 말, "혼자였다면 절대로 하지 않았을 일을 했다"라는 내 말은 틀렸다. 나는 딱 내가 했을 법한 선택을 한 것이다. 책방은 '혼자라면'이 아니라, '혼자여서' 한 선택이었다. 여느 모험 서사가 그렇듯이. 헤매기 위해 떠나는 게 아니라, 함께 걸어보고 싶어서.

> 위기와 부침은 늘 있지만 꼭 그만큼의 행운과 경험치가 쌓여서 보이지 않는 균형이 유지되고 있다는 생각도 3년 차에 접어들며 어렴풋이 든 생각이다. 최근 들어 동업자와 나는 이런 식이라면 평생도 할 수 있겠다, 농담처럼 책방의 미래를 점치곤 한다. 태어난 이래 책의 미래에 대한 낙관 같은 건 단 한 번도 들어본 적 없으면서. 우리 책방에서라면 어쩐지 행복이 자연스럽게 느껴져 가끔은 이 삶에 송구한 마음이 들기도 한다.*

이런 소회를 남길 수 있는 건 역시, 운이 좋은 내가 운이 좋은 동업자, 이미화를 만났기 때문이겠지. 그 운으로 우리는 책방에서 각자의 창작에 빈틈없이 몰두하기도, 흐리멍덩하게 하루를 낭비하기도 한다. 매일이 다른 하루라는 자각 없이 책방의 날들은 마냥 길어지는 중이다. 서둘러 끝을 알고 싶은 것도 아니면서 상대보다 자신의 마음을 시험하듯 얼마나, 오래, 같은 것을 묻

---

* 〈이제부터 본격, 행복 시작!〉, 《샘터》 2023년 12월호 '웃음 결산'.

던 의미심장한 장난이 까마득하다.

그럼에도 이따금 다음 너머의 다음을 상상하다 겁이 나려 할 때, 비스와바 쉼보르스카의 시 〈기적을 파는 시장〉이 이렇게 끝난다는 것을 떠올린다.

> 모든 것에는 여분이 있듯이 특별히 준비된 추가적인 기적:
> 미처 생각지 못했던 어떤 일이
> 실은 얼마든지 예측 가능한 것이었다는 깨달음.*

어느 시절을 잘라내도 기적이 항상 거기에 있음을, 지금 여기의 선택으로부터.

2021년 10월 6일 수요일의 책방일기

오늘은 언니가 '집에 안 가니?'라고 문자를 보내기 전에 집에 가야지. 가고 있어야지. 하지만 마음 한구석에는, 언니가 그 연락을 보내기 전까지는 이대로

---

* 비스바와 쉼보르스카, 〈기적을 파는 시장〉, 《끝과 시작》, 문학과지성사, 2016.

좀 더 책방에 있고 싶다.

이젠 집에 가야지, 하게 되는 그 알림 같은 메시지.

언니가 더는 그런 메시지를 보내지 않아도 되는, 내가 언제나 계속 머물고 싶은 이 공간이 사라지는, 그런 날이 오면 나는 어디서 어떤 사람으로 뭘 하면서 지내고 있을까? 그러나 그때에도 언니가 불시에, '집에 안 가니?'라고 안부를 물어봐 준다면 좋겠다.

이런 일기를 느리게, 느리게 쓰는 지금이 좋다. 마음이 바쁘지 않은, 조마조마한 기분이 끼어들지 않는 느긋함이 너무 좋다. 8시 30분. 언니한테는 아직 연락이 없고, 나는 조금 더 씀에 있다 갈 무언의 허락을 받은 기분이다.

지하철에서 종종 아득해지는 기분을 붙잡고 회사로 출근할 때에, 그러면서도 하고 싶은 일을 한다고 애써 마음을 다스리던 그때에, 친구들은 그 시절의 나를 말하며 하나도 안 행복해 보였다고 했다. 지금 나는 다른 사람들에게 어떤 모습으로 비춰질까?

잘 보이고 싶었어

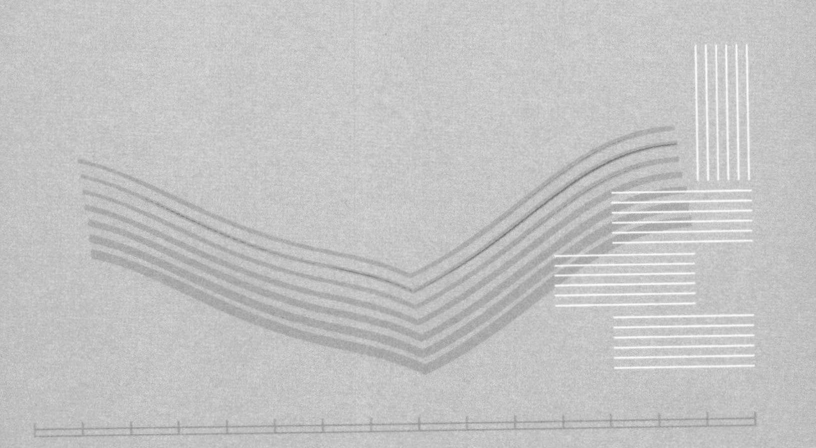

"너는 아직도 나한테 잘 보이고 싶니?"

잘 보이려는 내 노력은 얼마나 성공했을까?

아마 모조리 실패했을 것이다. 내가 아무리 용을 써도

미화 언니는 나의 가장 연약했던 시절 하나를 알고 있으니까.

이제는 다 잊어버렸대도 어쨌든 언니는 유일하게

내 일기를 먼저 읽고 나와 친구가 된 사람이니까.

✦

베를린은 시작부터 좀 그랬다. 내가 절대로 하지 않을 법한 일을 동시에 여러 개를 저지르는 방식으로 여정이 시작됐다. 일상을 팽개치고 짐을 꾸려서 집을 떠나는 것. 그것도 제법 오래. 여행보다는 도망에 가까운 일탈이었다. 하지만 게이트 너머로 비가 내리기 시작한 테겔 공항에 도착하자 그대로 등을 돌려 집에 가고 싶었다. 자동문 너머의 세상은 온통 모르는 것, 그래서 안 하고 싶은 것, 시도해 봤자 손에 쥐어지는 것은 후회로서의 경험일 거라는 익숙한 열패감이 밀려왔기 때문이다. 그러나 이십 대 중반의 나는 바로 그런 것들로부터 도망치고 싶어서 베를린에 온 것이었다. 물론 영영 도망칠 수 있으리라 믿지는 않았고, 그냥 잠깐이라도 자신을 잊고 싶었다. 아무도 나를 모르는 곳에서는 나조차도 나를 외면할 수 있으리란 착각.

그리고 두 달 동안 혹독한 '자기 마주'가 시작됐다. 누군가 베를린 여행이 어땠냐고 물어 오면 괴팍한 날씨와 여행 무식자의 조합이었다고 일갈하곤 했지만 사실 그 여행에서 가장 심각했던 문제는 하루 24시간을 오직 나하고만 보내야 한다는 점이었다. 여행의 장면이 바뀔 때마다 감당하기 어려운 내가 마구잡이로 튀어나오는 통에 하루를 보내고 나면 진이 쫙 빠졌다. 그때의 나는 아주 새로운 곳에서 잠시나마 내 마음에 들고 싶었는데, 내게 있는 좋은 점마저 흐릿해질 지경이었다.

하루하루 죽상을 하고 베를린을 겪으면서도 블로그에는 꼬박꼬박 일기를 쓰고 잤다. 무언가를 기록하는 나만은 내가 미워할 수 없는 나였으니까. 심지어 스스로를 비아냥거리는 글일지라도 쓰는 나는 내 편이 되어주고 있다는 안심이 있었다. '그런 너를 내가 알아.' 아무도 해주지 않는 말을 나에게 돌려주는 시간이었다.

와중에 여행 구색을 갖춘답시고 독일어 단어나 문장을 찾아다 일기의 제목으로 붙였다. 예를 들어, 일주일간 동네 탐방을 마친 뒤 베를린 중심부로 나갔던 날의 제목은 '용기를 가지세요Fassen Sie Mut'다. 베를린 첫날의 일기는 '겁쟁이Angsthase', 그다음 날은 바로 '향수병Heimweh'으로부터 시작한다. (아아 성급했던 나의 이십 대여…) 이런 식으로 60일간의 체류는 57개의 게시글로 남아 있는데, 비공개로 돌려둔 글을 하나씩 읽고 있으면 일기를 쓰려고 베를린에 온 사람 같다. 마치 처음 10년 일기장을 샀을 때처럼. 덜컥 지불해 버린 4만 원이 아까워서 10년 치의 일기를 꽉 채웠듯, 나는 매일 일기라도 써야 이 여행에 의미가 생길 거라고 여겼는지 모른다.

정말로 그렇게 되기는 했다.

여행이 절반 이상 지났을 무렵, 블로그 댓글로 하루 같이 놀아보자고 제안한 사람이 있었기 때문이다. 그렇게 미화 언니를 만났다. 그때 미화 언니는 이런 일기를 쓰는 사람이라면 만나봐도 괜찮겠다는 생각이 (아니 어떻게!) 들었다고 했다. 심지어 연락을 하기 한참 전부터 베를린 일기를 보고 있었다고 (아니 왜?) 정작 언니는 대수롭지 않다는 듯 말했지만, 나는 그 말에 감동하면서도 실은 무척 부끄러웠다. 그래서 미화 언니한테 잘 보이고 싶었다. 일기에 적힌 나보다 실제의 내가 더 괜찮은 사람이라는 걸 (정말 그런가는 차치하고) 증명하고 싶었던 것도 같다. 그러느라 언니의 말도, 나의 실패한 여행기도 점점 잊어갔다. 8년이 쌓이는 동안 우리는 그다지 인상 깊진 않은 첫 만남이 무색하게 점점 친밀해져 갔고 어느새 일기보다 더한 말도 나누는 사이로 자리 잡았지만, 솔직히 최근까지도 내 마음 한켠에는 언니한테 잘 보이고 싶은 마음이 방지턱처럼 솟아 있었다.

서로를 친구로 여긴 지 오래됐지만 내 마음속에 미화 언니는 여전히 선배에 더 가깝다. 학교나 회사가 아닌 곳에서, 말하자면 각자 무소속의 상태에서 만난 사람이므로 한 번도 선배,라고 불러본 적 없지만 자연스레 선배로 각인돼 버린 사람. 처음 만났을 때부터 언니에겐 이미 자신이 쓴 책이 있었고, 살아보고 싶은 곳을 선택해 치열하게 겪은 경험이 있었고, 어렵게 익숙해진 그곳을 떠날 용기가 있었다. 그래서 언니와 보낸 첫 하루는 잔잔했지만, 이미화라는 사람만은 제법 선명히 기억에 남았다. 한국에 돌아온 후로도 언니는 시도를 거듭했다. 글을 쓸지 말지 고민하기보다 자신이 쓸 수 있는 글을 찾아 나섰고, 현실을 불평하고 있을 바에야 불안해도 즐거울 수 있는 일을 벌였다. 머물고 차지할 자리를 만들기보다는 계속해서 새로운 곳으로 넘어가는 길을 그리는 데 더 흥미가 있어 보였다. 베를린에서 잔뜩 헤매고 온 뒤에도 나는 내 인생의 위치를 제대로 잡지 못해 꼼짝 없이 붙들려 있었는데, 이따금 마주치는 미화 언니는 이리저리 방향을 조절하며 늘 어디론가 향하는 중이었다. 그런 언니를 감상하듯 응원하는 게 재미있었다. 나는 언니 인생의 관객1로 남을 수도 있었는데, 화각이 넓은 이미화 프레임에 자주 걸려버리곤 했다. 그러면 언니는 또 나를 유심히 지켜보다 '함께'를 제안하고. 덕분에 언니 옆에서 나는 글 한 쪽을 더 쓰고, 평생 모르고 살았을 영화 한 편을 더 보고, 환경친화적인 식생활이 익숙해지고, 말을 놓을 수 있는 동갑내기에 국한돼 있던 친구의 범위가 차츰 넓어져 갔다. 흩어진 장면으로 구성돼 있던 삶에 이야기가 생기기 시작했다.

언니를 적정 거리에서 지켜보는 것만큼이나 따라다니는 것도 재미있었다. 그렇지만 언니와 진정으로 나란히 걸어본 적은 없다는 것은, 책방 동업을 하면서 깨달았다. 언니의 아는 동생으로 즐거운 순간만 보내는 게 아니라, 본격적으로 언니의 동료가 돼서 교집합의 삶을 함께 지는 일은 얘기가 조금 달랐다. 이제 우리는 서로를 보고서 웃고만 있지 않을 테니까. 각자의 힘들고 어려운 면면을 다독이는 데에서 그치지 않고, 함께하는 순간이 힘이 들기도 할 테니까. 언니의 눈물 혹은 내 눈물이 상대와 결코 무관하지 않은 날이 올 테니까. 그런 날을 실제로 맞닥뜨리기도 전부터 겁이 났다. 어제까지 언니를 좇기만 했는데, 하루아침에 언니를 통과할 일이 생겼다. 가끔은 문턱에 걸려 넘어지기도 했다.

작업책방 씀 오픈 초기까지만 해도 나는 미화 언니가 나를 얼마나 신뢰하거나 좋아하는지 알지 못했다. 하지만 막연히, 언니를 향한 내 마음만큼은 아닐 거라고 생각했다. 나는 언니를 좋아하는 게 익숙해서 괜찮은데, 언니도 그럴까? 이상한 자신 없음으로 홀로 긴장하는 날들이 많았다. 결국 이건, 나는 내 마음은 확신하면서 언니의 마음에는 자신 없었다는 뜻이 된다. 그때의 나는 참 자신 없는 게 많았다. 책방을 하는 삶도, 글을 쓰는 미래도. 믿을 수 있는 것은 그저 언니와 함께한 그리 길지 않은 시간, 그리고 언니와 함께 지나갈 무수한 시간뿐이었다. 오직 그것만 보고 결정한 동업이기도 했다. 우리의 시간. 하루하루 빨리 감기도, 건너뛰기도 없이 꼬박꼬박 주어지는 시간을 정직하게 받아들여야만 비로소 알아볼 수 있는 것. 어찌 보면 나는 믿어보기 가장 어려운 것을 무턱대고 의심하지 않았던 건데, 당시에는 (당연히) 제대로 인지하지 못했다.

내가 나 자신을 마음에 들어 하는 데 실패한 기록이 다른 사람의 눈에 들었다는 사실만으로 이미 뭔가를 너무 들켰다는 기분에 암담했던 시절과는 비교가 안 될 정도로 지금의 나는 미화 언니 앞에서 숨을 곳이 없다. 그런데도 왜 그렇게 잘 보이고 싶었을까. 꾸며내고 감추겠다는 것은 아니고, 언니와 나 사이에 에어백을 만들고 싶은 마음에 가까웠다.

하루는 내 편지를 읽은 언니가 말했다. "너는 아직도 나한테 잘 보이고 싶니?"

그리고 물론 그런 마음마저 여지없이 들켜버리고 만다. 아니, 들키기보다는 늘 참지 못하고 먼저 고백해 버린다. 지난날 내 일기들처럼. 그때 내가 뭐라고 대답했더라….

그런데, 잘 보이려는 내 노력은 얼마나 성공했을까? 아마 모조리 실패했을 것이다. 내가 아무리 용을 써도 미화 언니는 나의 가장 연약했던 시절 하나를 알고 있으니까. 이제는 다 잊어버렸대도 어쨌든 언니는 유일하게 내 일기를 먼저 읽고 나와 친구가 된 사람이니까. 그러므로 작은 수치심을 동반했던 이 말은 어느새 내게 믿음으로, 사랑으로 해석된다.

7년 전에 쓴, 베를린 일기들을 오랜만에 다시 읽어본다. 일기라기보다는 도시를 향한 부치지 못한 편지 같다. 하루는 '지금 이 도시에서 웃긴 어렵지만, 미래의 나는 분명 지금을 그리워할 것을 안다'라고도 썼다. 그런데도 미래를 바꿔놓을 기회가 있는 현재를 사랑하려 애쓰기보다, 당장 어쩌지 못하는 나로서 마구 허비한 한 계절. 2017년의 내가 미래의 그리움이 두렵지 않았던 건 순전히 자포자기의 상태여서 그랬을 테지만, 2023년의 나는 이 말을 돌려주고 싶은 것이다. 이 그리움에는 후회가 없으니 괜찮다고, 지금을 소중히 여기게 되면서 과거와 멀어지는 홀가분함뿐이라고. 다시 베를린의 첫

날로 돌아간대도 과거를 수정하고 싶지 않은 미래로서의 오늘에 도착해 있다고.

그 오늘의 나는 너무나 익숙해진 옆자리를 바라보며 생각할 뿐이다.

> 세계는 만날 줄 몰랐고 만날 리 없는 것들이 만나도록 프로그래밍돼 있다 했던가.*

이제 나는 미화 언니에게 잘 보이려 애쓰지 않는다. 오래전부터 결속돼 버린 내일에게, 우리를 보여주러 하루하루 넘어갈 뿐이다.

2021년 12월 25일 토요일의 책방일기

크리스마스의 책방일기를 빼먹을 수는 없어서.

소설을 쓰다 다시 읽은 책에서 이전에는 발견하지 못한 문장을 찾았다.

"서로 좋아하면 일이 잘돼요. 그리고 어떤 일을 하

* 김애란, 《잊기 좋은 이름》, 열림원, 2019.

더라도 영혼을 담아 하는 사람을 보면 믿을 수 있고 영감을 받아요."

영혼을 담아 일을 한다는 게 뭔지는 잘 모르겠고, 왠지 그렇게까지 일하고 싶지는 않지만, "서로 좋아하면 일이 잘된다"라는 말만은 잘 붙잡아두고 싶네. 언니랑 내가 서로서로 좋아해서 씀이 잘됐으면 좋겠다. 앞으로도— 메리크리스마씀!

백색왜성

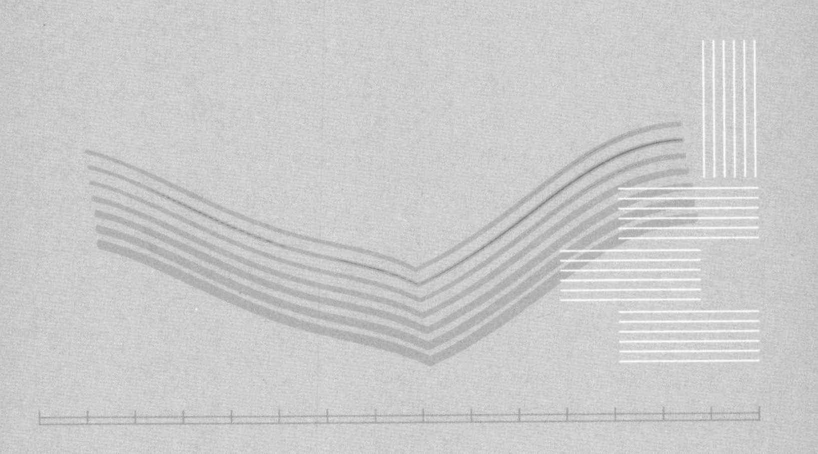

내 것을 뺀 세상의 모든 일기가 그렇듯,

내가 절대로 쓸 수 없는 일기,

살아볼 수 없는 하루가 글로 묶여 내게 왔다.

보일 것을 염두에 두고 쓰지 않았겠지만

기꺼이 내보이고 싶은 마음을 헤아려보면,

그건 우리가 한 시절 우연히 관계된 것보다

더 인상 깊은 만남이었다.

무엇보다 더 오래 기억될 만남이기도 했다.

✦

나에겐 꺼지지 않는 별 하나가 있다. 어릴 적 천장에 붙여둔 야광별처럼 영원히 빛날 듯이 반짝이다 한순간 다시는 켜지지 않는 별이 아니라, 빨강 파랑 초록 보라 노랑으로 선명했던 채도가 아주 느리게 낮아지고 있는 별. 색이 조금씩 날아갈수록 가볍게 떠오를 것만 같은 그런 별. 꺼지지 않고 다만 하얗게 번져가는 별. 작업 책상 한편에 어제보다 조금 더 빛이 바랜 커다란 종이별을 볼 때마다 이 별과 함께 건네받은 일기 몇 장을 떠올린다.

2020년 여름부터 그해 겨울까지, 나는 서울의 어느 실버복지문화센터에서 어르신들과 매주 한 편의 글을 썼다. 첫 책 《일기 쓰고 앉아 있네, 혜은》을 출간하고 겨우 한 계절 정도밖에 지나지 않은 때였다. 재취업을 할 때까지 아르바이트 개념으로 임하던 프리랜서 생활이

밑도 끝도 없이 길어지던 가운데 무려 코로나 시국에 돌연 책방 동업을 결심, 팔자에 없던 소상공인의 길로 인생이 급커브를 트는 시기이기도 했다. 그러므로 생애 첫 글쓰기 수업 진행을 제안받았을 때의 심정이란 신인 작가에게 닿은 뜻밖의 기회에 놀랍고 감사한 마음도 잠시, 나야말로 생애 어느 때보다 수업이 필요한데!라고 외치고 싶었다. 그래서 더 용기 낼 수 있었는지 모른다. 용기란 원래 가장 겁이 나는 순간에 발현되는 법이니까.

하지만 그때의 내 선택을 용기라고만 포장할 수 있을까? 솔직히 어르신들과의 만남이 어떤 식으로든 내 성장의 발판이 되리라 기대했다. 이건 무조건 내가 이득인 경험이라고, 젊은 나는 확신했다. (예상은 적중했다.) 이처럼 심연 아래에 나만이 들여다볼 수 있는 당돌한 목적을 숨겨(?)두고 있었으므로, 도무지 열심히 준비하지 않을 수가 없었다.

우선 수업의 이름을 짓는 것부터가 난관이었다. 나는 선생님도 아닐뿐더러 누군가의 선생이고 싶지 않았으며 결정적으로 문자 그대로 나보다 수십 년의 시간을 먼저 보낸 선생先生님들에게 내가 가르칠 수 있는 글쓰기가 있을 리 없다고 생각했다. 아, 못하겠는데? 입 밖으로 뱉고 나서야 가르치지 않는 시간을 보내면 된다는 걸 허무하게 깨달았다. 글을 어떻게 쓰는지 설명하는 대신, 한 줄이라도 글을 쓰는 경험을 나누게 만들면 되는 거 아닌가? 사실 나부터가 대학에서 소설이나 시 창작 수업 시간에 배운 작법을 제외하고는 글을 어떻게 시작해야 하는지 방법으로 익힌 적은 없었다. 그런데도 이미 매일 일기를 쓰고, 어딘가에 무엇인가 기록하고 있지 않나? 그렇다면 글은, 누군가 문득 쓰고 싶어 하는 마음만 있다면 어떻게든 쓸 수 있는 것이라는 다소 무책임한 결론에 다다랐다.

다행히 여기서부터 시간이 조금 더 흐른 미래의 나는 점진적으로 깨닫게 된다.

글쓰기 수업은 내가 누구인지 말하는 시간이구나!

글쓰기 수업은 그런 당신이 누구인지 서로가 기꺼이 궁금해하는 시간이구나!

글쓰기 수업은 우리의 말과 글이 이어지고 겹쳐지는 시간이구나!

마치 우리 사는 모양과 같구나.

그러므로 고민 끝에 수업 대신 클래스라 이름 붙인 것은 단지 한글을 영어로 바꾼 것이 아니라 제법 괜찮은 선택이었는지도 모른다. 나는 이 단어를 '강좌' 대신 '학급', '반'이라는 뜻으로 쓴 것이니까. 앞으로 나와 어르신들은 같은 반에서 삶의 일부를 나누는 사이가 될 테니까. 그러나 이런 포장은 나 같은 초보 작가의 마음가짐을 세팅하는 데에나 필요하지, 그분들에게는 아무려나 상관없는 껍데기였을 것이다. 모객이 시작되고 나서야 알았지만 글쓰기에 대한 어르신들의 관심이 무척 높아서 팀을 나눠 하루 두 번의 클래스를 열게 되었으니 말이다. 아침 10시부터 오후 12시, 다시 오후 1시부터 3시까지 반나절을 함께하는 만만치 않은 시간표 앞에서 간신히 다잡았던 마음도 잠깐 망연해졌던 기억이 난다.

그리고 조금 더 당돌한 생각으로 나를 달랬다. '설령 어르신들을 글 쓰게 만드는 데 실패하더라도, 그분들에게 예쁨 받을 자신은 있잖아!'라고…. 나는 어려서부터 안에서는 콸콸 샐지언정 밖에서는 절대 새지 않는 바가지로 유명해서 엄마를 자주 억울하게 만드는 딸이었으니까. 외부에 한해서라면 한없이 상냥해지는 천성을 무기로 나는 강의실 문을 열었다.

겨우 이름 따위, 말투 따위를 고민하던 것이 무색할 만큼 어르신들은 글쓰기에 놀라운 집중력을 보여주었다. 내가 그들의 시선을 애써 끌 필요도 없이 모두 곧장 자신의 이야기에 몰두했다. 나를 향한 어르신들의 무작정인 환대는 뭐랄까, 자신도 모르는 이야기로 달려 나갈 준비를 바짝 하고 있는 선수들 같았다. 마치 '지금부터~ 준비하시고~ 쓰세요!' 같은 총성이 울리기를 기다리는 형형한 눈빛이었다.

자기소개를 하지 않고 넘어가는 첫 시간이 있을까? '내가 좋아하는 것과 싫어하는 것'을 가볍게 목록화한 뒤 그것을 바탕으로 자기소개를 하기로 했다. 한 명씩 돌아가며 말할 때마다 공감의 웃음과 낯선 감탄이 터져 나왔다. 이미 1년 반 동안 지역의 기자단으로 활동하면서 서로를 웬만큼 알고 있다 여겼는데, 이렇게 들으니 동료를 새롭게 바라보게 되었다고. 다소 의아했던 부분도 좀 더 이해하게 되었다고 했다.

"예전에는 싫어하는 게 참 많았는데, 나이를 먹으니까 어지간하면 내려놓고 스스로 합의점을 찾아서 잘 지내고 있어요. 좋아하는 것은 꿈꾸기. 갈수록 자신에게 아쉬운 게 많아져요. 별거 아니라도 지금 해볼 수 있는 걸 계속 노력하며 살고 싶어요."

주변에 잘난 사람들이 너무 많이 있다며 자신을 그냥 '가만히 있는 사람'이라고 소개한 김 선생님. 하지만 알고 보면 그림 그리기와 붓글씨 쓰기를 좋아하고 하모니카를 연주할 줄 아는 선생님은 이미 얼마나 멋진 면을 가진 분이신지. 학창 시절 야구선수로 활약하셨다는 고 선생님은 "나이가 들면서 사고방식과 가치관에도 많은 변화를 겪고 있지만, 점잖고 품위 있는 실버 세대를 보내고 싶습니다"라는 우아한 말씀을 남겨주셨다. 한편, 센터를 나서려는 내게 따뜻한 커피를 내어주신 박 선생님은 이렇게 말씀하셨지. "선생님이 우리를 오래 기억하면 좋겠어요." 아니, 첫 만남부터 이렇게 훅 들어오신다고? 감동병이 있는 내가 다행히 울지 않고 잘 버텼다.

박 선생님은 클래스가 끝나는 날까지 종종 이 말씀을 반복하셨다. 그게 부담스럽지는 않았다. 나는 선생님의 당부를 박 선생님 당신뿐만 아니라, 다른 분들 또한 글을 써나가며 마주한 자신이 마음에 들기 때문이라고 해석했으니까. 그렇지 않고서야, 누군가에게 자신이 선뜻 기억되기를 바랄 수 있을까. 더군다나 어르신들처럼 삶의 무게를 알고 있는 분들이라면 더더욱. 아니면…. 그저, 사랑이 많은 박 선생님이 내게 준 단순한 애정인지도 모른다. 오히려 나야말로 그 무구한 사랑에, 어르신들이 자신도 모르게 스스로를 아끼는 계절을 보내고 있기를 바라는 욕심을 담았는지도 모르지.

'적당히 애쓰는 글쓰기의 즐거움'이란 부제를 달았던 클래스에서는 누구도 적당히만 애쓰지 않았고, 나는 해질 녘의 당산철교를 건널 때마다 되뇌었다. 다음 주는 더 열심히 귀 기울이자, 더 깊이 읽자. 오직 나만 더 애쓰면 되는 나날이었다.

*

계절이 두 번 더 바뀌는 동안 사회적 거리두기가 강화되면서 센터도 멈췄다. 보름 동안의 휴식 후 재개된 클래스. 바이러스 위험과 지독한 한파를 제치고 들어오는 얼굴들이 모두 개운해서 안심이었다. 습기로 촉촉해진 눈썹, 찬 기운을 맞았어도 부드러운 눈빛, 살짝 드러나는 상기된 뺨만으로도 마스크 너머의 표정이 상상된다는 게 놀라웠다. 클래스 내내 서로의 하관을 본 적이 없는데도 말이다. 오랜만의 만남에서 비로소 확인되는 친밀감이 있는데 마지막 클래스를 한 주 앞둔 그날의 어르신들과 내가 그랬다.

모처럼 각자의 글을 낭독하고 감상평을 주고받는 시간. 잠시나마 자기를 들여다본 사람의 윤곽은 미묘하게 선명해진다는 것을 그분들은 알까. 나는 우리를 둘러싼 해상도가 살짝 높아졌음을 느꼈다. 그래서인지 평소와 달리 경청하기보다는 자꾸만 고개를 들고 각각의 얼굴을 바라보게 되었다. 수업 자료 맨 마지막 장에 수기로 쓴 글, 저마다의 손에 반드시 한 장씩은 쥐어지는 직사각형 종이가 액자 같았다. 자신의 글을 쑥스러워할지언정 소중히 다루는 모양에서도 그랬다. 창문 너머로는 눈송이가 날리고, 그분들이 자기 인생의 아주 작은 부분을 떼어내 정성껏 굴리고 다듬어 한 장면으로 걸어두는 그 장면에 나 역시 속해 있다는 사실이 마음을 작게 벅차오르게 하는 겨울이었다.

글쓰기 클래스를 하다 보면 '하루'라는 단위가 얼마나 커다란지 깨닫는다. 클래스에 여섯 명이 모였다면, 나의 세상이 적어도 여섯 개의 하루만큼은 확장되는 기분을 느낀다. 그리고 그날은 한 번에 수십 개의 하루가 내 세계를 팽창시킨 날이기도 했다. 센터가 쉬어가는 보름 동안 나는 어르신들에게 검사 없는 일기 쓰기를 숙제처럼 내드렸는데, 그중 천 선생님이 하루도 빠짐없이 일기를 썼다며 내게 A4 용지에 프린트한 일기를 건네는 게 아닌가.

"글쎄 제가 이런 일기를 다 썼네요. 이렇게 재미있는 일들이 많았다니, 쓰지 않았다면 느낄 수 없었겠죠."

천 선생님은 다시 읽는 일기의 즐거움을 벌써 알아채셨구나! 반가운 감탄과 동시에, 내가 이 일기를 읽어도 되는 걸까 머뭇거리게 됐다. 내 책을 읽으시고는 "나는 선생님과 아주 친해진 것 같아요. 내 친구들도 이미 선생님을 알아요"라고 말씀하신 이후의 일이었다. 당신 혼자서만 나를 알고 있다는 게 마음에 걸리셨을까, 혹은 아쉬우셨을까. 요청한 적 없지만 손에 들린 일기 꾸러미. 나는 예전에도 꼭 이런 상황을 만난 적이 있었다.

*

베를린으로 장기여행을 떠난 오랜 날의 봄. 첫 한 달간 머문 에어비앤비를 떠나는 내게 호스트의 아버지였던 헬무트 할아버지는 자신이 쓴 일기를 건넸다. 내가 알아들은 그의 말에 따르면, 헬무트의 집안은 오랫동안 일기를 써왔고 그것을 제본해서 여럿이서 함께 간직하고 있는데 그중 몇 권을 (자신이 쓴 일기를 포함해서) 추린 것이었다. 독일어는커녕 영어도 겨우 구사하는 외국인에게 자신이 쓴 일기를 주는 마음은 무엇일까. 첫 유럽 여행에 꽉 찬 캐리어를 두 개나 끌고 간 미련한 여행객이 별안간 받아 든 서너 권의 일기장은 그 모든 짐을 합친 것보다 무겁게 느껴졌다. 코트 한 장 없이 베를린의 지독한 초봄 날씨를 견디면서 식어가는 몸과 마음을 감쌀 것 하나 없는 짐들이 원망스러운 여행이었다. 나로부터 도망쳐 온 이곳에서 내가 필요로 하는 건 정말로 내게 없구나,라는 서늘한 확인을 더해가던 나날들. 쓸데없는 것들로 터질 듯한 캐리어처럼 나는 도무지 내 인생에 도움이 되지 않는 방향으로 구성돼 있다는 자학을 멈추기 어려운 밤에, 한 장씩 넘겨본 헬무트의 일기장은 곤두박질치는 자아 앞에 둥근 방지턱을 만들어주었다.

속도를 줄이고 주변을 살필 수 있는 여유, 그로 인해 다른 길로 빠져볼 수 있는 가능성을 헬무트는 이미 내게 몇 번이고 일러주었다. 그가 아들에게서 빌려 온 자전거를 타고 처음으로 숲속 하이킹을 해봤고, 비를 피해 들어간 카페에서 체리 케이크에 라들러(맥주와 레몬에이드를 섞은 음료)를 곁들여 마셨고, 그의 제자들과 함께하는 농장 견학에 동행했다. 삼십 대를 목전에 둔 동양인 여성의 사사롭고 복잡한 사정 같은 것은 모르고 제안한 일이었겠지만, 나는 그의 호의 덕분에 남은 한 달여간의 일정을 취소하지 않고 무사히 베를린의 봄을 맞이할 수 있었다고 생각한다. 그리고 읽을 수 없는 헬무트의 일기장은 어떤 부적처럼 혹은 갚지 못한 부채처럼 곁을 맴돌며 나를 밖으로 떠밀었다. 낯선 풍경을 대하는 내 마음이 한순간에 달라지진 않았지만, 내가 매사에 얼마나 기꺼운 사람인지를 차츰 회복해 나가면서 여행에 임했다.

하지만 아직도 헬무트가 왜 나에게 일기를 주었는지는 잘 모르겠다. 나는 그저 서로의 일기를 모으는 가족이라니 정말 놀랍다고, 내가 이런 걸 받아도 되는지 모르겠지만 고맙다고 했다. 고맙다니, 읽지 않은 일기들 앞에서 얼마나 어색한 말인가? 이제 와 생각해 보면 헬무트는 내게 다른 답변을 기대했을지도 모르겠다. 왜냐하면 그의 일기는 뜻 모를 작별선물이기 이전에 "지금은 매일 일기를 쓸 뿐이지만, 언젠가 내 이름으로 된 책을 쓰고 싶다"라는 내 고백을 기억하고 있다는 증거기도 했으니까. 그러므로 어느새 나뿐만 아니라 그의 이름까지 담긴 책을 쓰고 있는 나는 미래의 어느 날 헬무트에게 베를린에서 쓴 일기를, 내 책과 함께 건네는 장면을 종종 상상할 수밖에. 그땐 진실로 고마움을 담을 수 있을 것 같은데…라면서.

*

또다시 내게 쥐어진 새 일기 꾸러미 앞에서 나는 밀려오는 말들을 삼키고, 오래된 베를리너답게 한글 맞춤

법이 엉성한, 그러나 이번에는 충분히 해석할 수 있는 천 선생님의 일기를 읽었다.

> 며칠 전부터 머리맡에 필기도구를 두고 잔다. 그래서 기록이 가능했고, 다음 날 옮겨 적었다.
> 자다가 깼다. 잘 잤다는 기분이다. 옆에서 포근하게 들리는 자장가 소리. 몇 시인가 알고 싶다. 이럴수록 나는 더욱 선명해진다. 다시 자려고 생각했으나 기분으로는 전혀 잠이 올 것 같지 않다. 핑계 삼아 화장실로 갔다. 한밤중이구나, 잠은 아주 잠깐 잤구나. 삼라만상이 다 침묵을 가지는 시각. 나는 오늘을 점검한다. 돌부리에 걸렸었나? 이런 밝은 의식은 어디서 오나. 나이가 들면 생기나. 세상은 내가 원하지 않아도 무심히 흐르는구나. 내일 늦게까지 잘 수 있으니 나이 드는 것이 얼마나 좋은가.

천 선생님의 겨울 일기를 읽으면서 헬무트의 하루를 겹쳐보았다. 내 것을 뺀 세상의 모든 일기가 그렇듯, 내가 절대로 쓸 수 없는 일기, 살아볼 수 없는 하루가 글로 묶여 내게 왔다. 왜일까. 혹시 다른 일기도 어디선가 오고 있을까?

글을 쓰다 보면, 계속 쓰다 보면 어느 순간 읽혀도 좋을 자신을 발견하게 된다. 그러면 필연적으로 자신을 읽어봐도 좋을 사람이 필요해진다. 그러니까 천 선생님도, 헬무트도 나를 당신들의 독자로 지목한 셈이라고, 그렇게 멋대로 생각해 봐도 괜찮지 않을까. 보일 것을 염두에 두고 쓰지 않았겠지만 기꺼이 내보이고 싶은 마음을 헤아려보면, 그건 우리가 한 시절 우연히 관계된 것보다 더 인상 깊은 만남이었다. 무엇보다 더 오래 기억될 만남이기도 했다. 삶이 달라져서가 아니라 오히려 쉽게 달라질 리 없음을 알기 때문에, 이 세상과 내가 이어져 있음을 구태여 느끼고픈 순간은 얼마나 놀라운지. 한 편의 글보다, 하루치의 일기를 먼저 써본 사람들은 알 것이다.

답이 나온 기분이다. 무심히 간직하던 마음이 조금 무거워지기는 했지만.

작업실 유리창으로 들이치는 햇빛이 천 선생님이 접

어준 종이별을 비춘다. 빛이 닿을 때에야 한 번씩 눈길을 주면서 동시에 빛으로 바래질까 걱정이 된다. 그러나 자리를 옮기고 싶지는 않다. 웹서핑을 하다가 백색왜성에 대한 게시글을 보았다. 진화가 끝난 별의 중심핵,이라는 설명에 자연스레 종이별로 시선이 갔다. 버티컬 무늬대로 드리워진 빛이 아직 여전하다. 진화의 마지막 단계에 다다라서는 본래 크기의 100분의 1 정도로 줄어들지만, 그로 인해 엄청나게 큰 밀도로 폭발하며 우주에 잔해를 남기는 별. 심지어 백색왜성이 된 후에도 수조 년의 시간이 흐른 뒤에야 빛을 잃고 식어버리는 별.*

그 황홀하고도 막막한 단어 앞에서 내게 남아 있는 어른들을 떠올렸다. 종이별이 희어질수록 내 안에는 더욱더 선명해지는 얼굴들이, 진화하는 이야기들이 있다.

---

* 예컨대 태양이 수십억 년 후 백색왜성이 되고, 그 항성의 잔해가 완전히 흑색왜성이 되기까지는 약 1천조 년(…)이 걸린다고 한다. 이는 우리의 우주가 아직 흑색왜성을 만들 만큼 충분히 나이 들지 않았기 때문에, 어디까지나 미래를 예측한 가상의 개념으로서만 존재한다.

별자리 운세와 소설

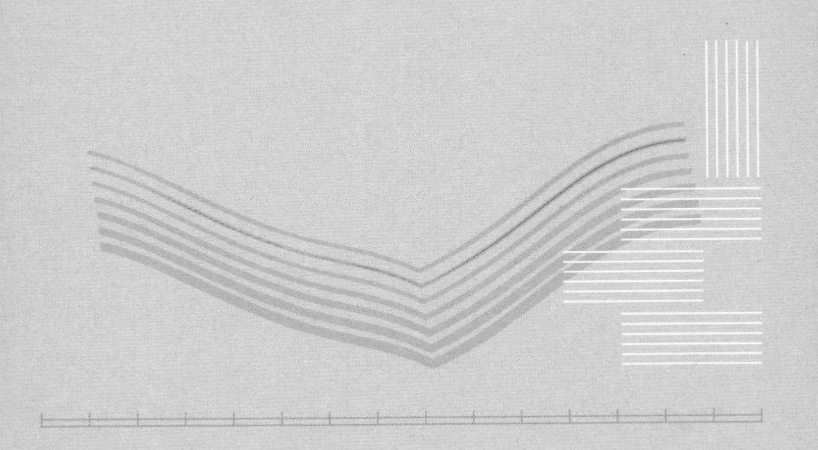

쌓는 마음은 기다리는 마음과 닮아 있다.

단, 기다린다는 감각 없이 기다린다는 점에서 무심하고,

그러므로 가만 기다리고만 있지 않을 거란 점에서 부지런하다.

이제야 겨우 살수록 '사는 운'이,

쓸수록 '쓰는 운'이 쌓인다는 걸 알겠다.

결국 별자리 운세와 소설 읽기는

내가 얻고 싶은 행운들의 마중물 같은 건지도 모른다.

✦

별자리 말고, 별자리 운세 보는 것을 좋아한다. 태양이 지나가는 길목에 위치한 12개의 별자리를 관측하는 것이 아니다. 고대 인류가 하늘이 분명 인간에게 하는 말이 있으리란 믿음으로 다소 억지스럽게 이름 붙인 별자리로부터 매일, 매주, 매달, 매년 인간의 운명을 추측하는 운세 보기를 좋아하는 것이다. 그러나 나는 밤하늘에 대한 남다른 감상은 있을지언정 아무리 깨끗한 밤하늘이 내 머리 위에 펼쳐져 있어도 그 흔한 북두칠성 하나를 제대로 잇지 못한다.

밤하늘의 별 대신, 흰 화면 위에 떠 있는 별이라면 몇 초 만에 발견할 수 있다. 매일, 매주, 매달, 매년 착실히 도착하고 있는 포춘 메시지, 별자리 운세다. 나는 친구가 '이게 북두칠성이야' 일러주면 '아아 진짜?' 하고서 눈을 크게 뜨며 사진을 찍듯이, '이것이 너의 운세야'라고 확신하는 메시지를 조금의 의심도 없이 스크린 캡처로 간직한다.

같은 날짜를 점치는데 플랫폼마다 비슷한 듯 다르게 전달되는 별자리 운세가 어떤 시스템을 통해 도출되는 것인지는 한 번도 궁금한 적이 없다. 모르고 지나칠 수도 있는 운세를 내가 알게 되는 것, 그로 인해 나의 운이 존재한다고 느끼는 순간이 좋은 거니까. 경고나 불운을 이야기하는 메시지 앞에서도 이건 내 운세가 아니야! 라고 부정하기보다 그것마저 운의 일부로 취급하고 넘어가는 유연함을 발동시키곤 한다. 운세가 좋으면 물론 기분이 좋지만, 내내 운세를 곱씹으며 행운의 구체적인 결실을 기대하는 편인가 하면 또 아니다.

별자리 운세는 뭐랄까, 아주 짧고 재미있는 소설 같다. 내 생각엔 별자리 운세가 유구한 역사를 지닌 점성술로 그 명맥을 이어가고 있는 것은 점괘의 타율보단 아무래도 남다른 스토리텔링 덕분인 것 같다. 나처럼 별자리 운세를 좋아하는 사람이라면 공감할 테지. 살면서 한 번도 들어본 적 없는 낭만적인 확신과 현명한 조언을 체득한 미래에 나를 잠시 투영하는 것, 그렇게 잠깐이라도 변화를 마주할 주인공이 되어보는 것. 예컨대 "로맨틱한 순간들로 가득한 한 주, 영화 속에서나 봤을 법한 만남을 기대할 수 있겠네요"라는 상상력을 자극하는 설렘부터 "이 세상에서 자신이 할 수 있는 일을 파헤쳐 볼 용기가 샘솟는 시기, 그로 인해 다 같이 행복해지는 기회를 포착할 수 있다"와 같은 비장한 응원까지 장르가 다채롭다. 무시무시한 예언으로 나를 얼어붙게 할 때도 마찬가지다. 딱히 호의적이지도, 적대적이지도 않은 채 마주할 하루에 얼마간의 긴장을 불어넣어 주는 것도 운세의 역할이니까. 팍팍한 일상에 1분 남짓한 시간 동안 짜릿한 읽을거리를 주는 것으로 별자리 운세는 그 소임을 다한다. 그러나 내게는 내심 어떤 믿음이 있다. 운세를 계속 보는 것이야말로 나의 운을 쌓는 일이라고. 복권을 구매해야만 복권에 당첨될 기회가 주어지듯 말이다.

별자리 운세를 향한 나의 끈질기고 지속적인 애정은 소설을 읽는 것으로 소설 쓰기와 가까워지고 있다 믿었던 시절과 닮아 있다. 정작 잘 쓰지는 않으면서, 지금은 그저 읽고 또 읽는 노력만으로도 충분하다고. 사실 이십 대에는 소설을 쓰려는 마음을 가능한 한 피하고 싶었다. 끝까지 쓸 수 없을 것 같아서였다. 간혹 쓰게 되어도 '나는 절대로 이 소설을 마칠 수 없다'는 불안으로 간신히 마침표를 찍은 경험뿐이었다. 그런데도 좀처럼 사그라들지 않는 소설 쓰는 마음이 의아했다. 한 줄도 쓰지 않으면 영영 사라지겠지, 그렇게 생각하니 차라리 편했다. 딱히 오기랄 것도 없이, 쓰지 않는 삶에 금세 익숙해졌다. 나는 일기라면 모를까, 소설을 못 쓰면 죽을 것 같은 사람은 아니었던 것이다. '안 쓰면 안 되는 사람이 아니라는 사실'은 애매한 재능을 확인시키는 아킬레스건이었다가 차츰 꿈꾸기를 면제받는 초라한 훈장이 되었다.

그런데 꼭 몇 년에 한 번씩 쓰는 마음이—이럴 때야말로 오기를 부리듯—일어나곤 했다. 기진맥진하게 쓰고 나면 아무도 시키지 않은 일에 생색을 내고 싶었다. 썼다? 결국 쓴 거다? 도대체 누구한테…라고 묻는다면 아마도 소설 읽는 마음이 아닐까. 처음 소설을 읽기 시작한 이래로, 소설 읽기를 멈춘 적은 없으니까. 아주 느리고 미약하게나마 쓰는 운을 쌓고 있었는지도 모르겠다. 왜 소설을 쓰고 싶은지 스스로에게 이유를 물은 적도, 의미를 찾은 적도 없지만. 계속,이라는 말도 어울리지 않을 만큼 간헐적인 시도뿐이지만, 그저 '나도 쓰고 싶다'라는 마음과 눈이 마주친 뒤로는 그 순간으로부터 결코 멀어지지 못하는 자신으로 반복해서 돌아올 뿐이었다.

그런 지지부진한 시간을 지겹도록 반복한 끝에, 이제는 '다시' 소설 쓰는 나로 돌아오는 간극이 현저히 짧아진 것을 느낀다. 처음으로 마지못해 쓰는 것이 아니라 쓰고 싶은 것이 분명히 생겨나서 쓰는 기분을 느꼈다. 시작이 간절했고, 과정에 몰두했다. 끝까지 갈 수 있을지 없을지를 걱정하는 것보다 지금 붙잡고 있는 소설과 함께하는 시간을 잘 보내고 싶어졌다. 그러다 보니 어느새 끝에 다다랐다. 끝이구나. 느낌표 없이 소설의 끝을 오래 바라봤다. 웬일로 끝으로부터 후다닥 도망가고 싶지 않았다. 이렇게 끝나도 되나? 끝을 좀 더 미룰 수는 없나? 고민하다 결국 여기가 끝이구나 인정하게 되는 소설 쓰기의 경험이 무척 소중했다. 끝이 아쉬울 때, 그러나 지금으로서는 마주할 수 있는 끝이 눈앞의 것이 전부일 때, 내 선택지는 다음 소설로 넘어가는 것밖에 없으니까. 그렇게 2년 동안 두 편의 장편과 한 편의 단편 소설을 썼다. 그리고 도입부에서 멈춘 이야기가 두 세 개 정도 있다. 이 중 운이 좋게도 출간과 연재의 기회를 얻은 이야기도 있다. 소설을 조금 더 촘촘한 간격으로 쓰게 되면서 가장 크게 달라진 점은 구체적인 성취보다도, 지나간 시간을 달리 해석해 볼 수 있다는 것이다. 나는 소설 쓰는 운을 쌓고 있었다고. 이번에는 소설을 쓴 오늘의 나 대신, 오늘을 기다려온 무수한 어제들의 내가 생색을 내는 정반대의 상황이 벌어진다.

쌓는 마음은 기다리는 마음과 닮아 있다. 단, 기다린다는 감각 없이 기다린다는 점에서 무심하고, 그러므로 가만 기다리고만 있지 않을 거란 점에서 부지런하다. 오늘 출근길에도 별자리 운세를 확인했다. 어디 보자…. "정성껏 움직여 보는 하루. 하나하나 찬찬히 작은 것부터 쌓아 올리며 전진합니다." 꼭 연작소설의 일부분을 공유받은 것 같다. 내가 별자리 운세를 신뢰한다 말하지 않고, 좋아한다고 말하는 이유다. 운세의 배턴을 이어 받듯 매일을 살고, 소설을 쓴다. 하루와 내 글의 마침표는 나 스스로 찍어야 하니까. 이제야 겨우 살수록 '사는 운'이, 쓸수록 '쓰는 운'이 쌓인다는 걸 알겠다. 결국 별자리 운세와 소설 읽기는 내가 얻고 싶은 행운들의 마중물 같은 건지도 모른다.

요즘은 스스로 질문을 던지지 않고서는 쌓을 수 없는 것들 앞에 있다. 쓰는 몸을 만드는 것보다 쓰기로 무엇을 파고들고 싶은지. 문장을 잘 쓰는 것보다 어떤 방식으로 이야기를 통과하고 싶은지. 내 소설이 이 세상의 어디를 경유했으면 하는지. 어떤 인물이 나를 대신해 소설 속에서 살고 사랑하며 영혼을 만들어나갈 것인지. 나에게 포춘 메시지를 보내듯 전송할 준비를 하고 있다. 그냥 '소설'이란 장르를 써보는 사람이 아니라, 내가 쓰고 싶은 이야기의 궤를 그릴 수 있는 소설가이고 싶어서다. 먼 훗날 나의 대답들을 이으면, 내가 알아볼 수 있는 유일한 별자리가 될 거라는 기대로.

삶의 실감들

밤마다 걸으며

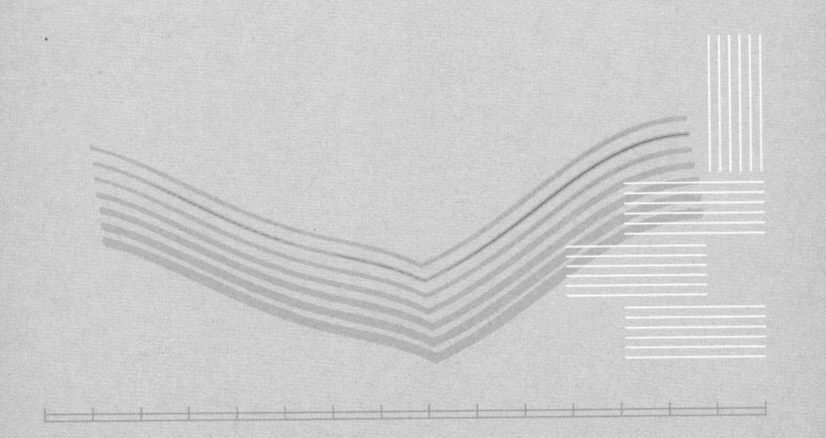

내 속도대로 사는 것은 여전히 어려운 일이지만,

분명한 건 사는 동안 한 번도 멈춘 적 없이 걷고 있었다.

만약 내가 소설 속 인물이라면,

소설가는 왜 나를 밤마다 걷게 하는 걸까.

반대로 내가 소설 속에서 어떤 인물을 나처럼 걷게 만든다면

무슨 이유에서일까.

✦

마포구청역 5번 출구를 지나 불광천으로 진입하는 길. 나무 계단에 발을 디디기가 무섭게 빠른 속도로 내려가는 날이 있는가 하면, 잠시 멈춰서 길게 숨을 쉬는 날이 있다. 이제부터 하루의 이완과 휴식이 시작될 거라는 준비운동처럼, 가로등 불빛으로 작게 반짝이는 천가의 주변을 둘러보는 찰나가 괜스레 소중해진다. 거의 매일 보는 풍경인데도 늘 충분한 안심을 준다. 어쩌면 나는 그걸 확인하려고 서 있는 건지도 모른다. 이 길은 오늘도 변함없이 같은 길이라는 것. 그러니까 긴 숨은, 어떤 하루를 보냈든 이제부터는 괜찮아질 거란 사인 같은 거다.

막차가 끊긴 어느 여름날의 새벽, 우연히 친구와 정처 없이 걷다가 불광천을 발견한 뒤로부터 이 길은 움직이는 (물론 움직이는 것은 내 두 다리다) 대피소가 돼주었다. 마침 불광천이 나 있는 모양은 책방에서 집으로 향하는 길과도 겹쳐졌다. 덕분에 수년째, 망원동에서 퇴근한 뒤 디지털미디어시티역까지 걸어가 광역버스를 타고 귀가하는 루틴이 지켜지고 있다. 퇴근길을 조금 우회하더라도 만원 지하철에 눌린 채 집에 빨리 도착하느니 겸사겸사 운동하는 기분을 챙기며 상쾌하게 집에 가는 편이 낫지 않을까 싶었는데, 모처럼 스스로를 잘 간파한 결정이었다.

걸을수록 가벼워지는 건 몸보다도 마음이었다. 아무리 퇴근이 늦은 고단한 날이어도, 그래서 더더욱 기를 쓰고 걸어서 집에 가려고 했다. 3킬로미터 남짓한 걷기는 구겨진 마음을 펼쳐 들여다본 뒤 비우기에도 혹은 그 마음을 잠깐 모른 척, 마음으로부터 나를 잠깐 떼내어 놓기에도 딱 적당한 거리였다.

반대로, 즐거운 만남이나 특별한 성취나 이벤트가 끼어 있는 하루에도 걷기는 필요했다. 조금 전까지만 해도 나를 감싸고 있던 들뜸이 제 할 일을 다 했다는 듯 이내 휘발되고, 차분하고 고요해진 마음으로 하루를 곱씹는 순간이 좋았다. 차가운 공기와 깨끗한 어둠 속에서 한 걸음씩 나아갈 때마다 잔잔하게 번지는 설렘이 도장처럼 차곡차곡 찍히는 듯했다.

한 번씩 찾아오는, 특정 시절로부터 한 걸음도 나아가지 못했다는 자괴감도 걷다 보면 희미해졌다. 어떤 하루엔 그 모든 일들을 통과하고 웃는 오늘을 맞이했구나, 하고 내가 건너온 시간의 길이를 체감하며 앞으로 나아갔다. 중요한 건 이 모든 것이 의식적으로 행해진 게 아니라, 자연스레 이어졌다는 데 있다. 마치 눈앞에 가야 할 길이 있으니 그저 걸었던 것처럼. 너무 아니었으면 싶은 나도, 예상하지 못한 것을 이뤄내 버린 나도 여전히 같은 나인 채로. 내 속도대로 사는 것은 여전히 어려운 일이지만, 분명한 건 사는 동안 한 번도 멈춘 적 없이 걷고 있었다.

이 마음을 한 소설가의 인터뷰에서 발견하기도 했다.

> 첫 문장이 씌어지고 그다음 문장이 씌어지면서 소설 속에서 어째서인지 기필코 서사가 발생하듯이, 오른발을 내밀고 그다음 왼발을 내밀면 걷기라는 행위가 발생하고, 그에 따른 인물들의 보폭과 생명

력을 가늠해 볼 수 있는 순간이 불쑥 나타나곤 하는데, 그때마다 무언가 알고 싶어지고 지켜보고 싶어져요.*

만약 내가 소설 속 인물이라면, 소설가는 왜 나를 밤마다 걷게 하는 걸까. 반대로 내가 소설 속에서 어떤 인물을 나처럼 걷게 만든다면 무슨 이유에서일까. 답은 함께 불광천을 발견했던 친구에게서 왔다.

"너는 걷는 게 쉬는 거잖아." 그즈음 걸을 땐 걷는 것 말고 아무것도 하지 않아도 되어서 (하려야 할 수가 없어서) 좋다고 여기던 참에 나눈 통화였다. 여러 일들을, 역할을 소화하느라 빼곡해진 타임라인과 일상 속에서 걷기는 아무런 책임감도 죄책감도 느끼지 않고 보낼 수 있는 유일한 시간이었다. 자전거를 타고 지나가는 사람들, 걷는 사람들, 뛰는 사람들, 자기 옆의 인간과 같은 속도로 네 발을 부지런히 옮기는 반려견들 사이로 걷는 내가 있다. 서로의 인생을 단 1초도 알 수 없는 존재들

---

* 김채원 소설가가 홍성희 문학평론가와 나눈 인터뷰 중에서, 《소설 보다 : 겨울 2022》, 문학과지성사, 2022.

이 자기만의 방향과 속력으로 스쳐간다.

좀 더 늦은 시간, 인도를 몽땅 홀로 차지하는 날에는 유유히 헤엄치는 청둥오리들과 무언가를 골똘히 바라보는 왜가리를 바라보며 걸음을 늦춘다. 영원히 멈춰 있을 것만 같은 왜가리가 불현듯 높이 날아가는 순간을 포착한 적 있는데, 펼쳐진 날개깃만큼이나 큰 행운처럼 느껴졌다. 물결에 결박된 듯 미동 없던 두 다리가 한순간 허공으로 가볍게 떠오르는 모습은 갑갑했던 속을 시원하게 터주었다. 무엇이 저 왜가리를 날게 했을까, 감탄 속에서 마저 걷고 있는데 시선 끝에 다시 꼿꼿하게 서 있는 왜가리가 보였다. 아까 그 새일까? 나로서는 읽을 수 없는 표정이지만, 왜인지 자기만의 균형감이 느껴졌다. 나와 달리 왜가리는 적어도 이 삶에 붙들려 있는 게 아니라는 것만은 알 수 있었다. 하지만 그 순간 두 발을 움직여 다른 풍경으로 넘어가는 것은 왜가리가 아니라 나였다. 다시 어지럽혀지더라도 점점 비어가는 기분을 만끽하는 걷기의 시간. 나는 무언가로부터 벗어날 때 너무 많은 에너지를 쓰는 편이라, 이렇게 실시간으로 내 주위의 장면이 바뀌고 있음을 체감하는 쾌감이

크다.

단단히 매료된 걷기가 다행히 강박으로 번지지는 않았다. 평소의 루틴 속에서 일을 미루기 위해, 마치 쉬고 있는 듯한 기분을 핑계로 걷는 시간을 무리해서 늘리지 않았다는 뜻이다. (물론 '찢었다' 싶을 만큼 오래 걷는 경우가 있기는 하다. 시간적으로 여유가 넘쳐서 오직 '순수한 즐거움'으로 걸은 날. 원 없이 걸은 시간을 빼고도 휴식의 시간이 남아 있는 특별한 날.)

왜냐하면 나는 스스로를 매정하게 몰고 갈지언정, 오래 무심할 수는 없으니까. 불광천의 가장 좋은 점은 내가 걷기 위해 굳이 찾아야 하는 곳이 아니라 하루를 시작한 장소로 돌아가는 길목이라는 점이다. 그러므로 이 길의 종점까지, 심지어 종점에서 한 정거장을 더 걷고 싶은 심정이 굴뚝같아도 멀리서 돌계단이 보이면 나는 아쉬운 마음을 다스린다. 풀 냄새 섞인 축축한 공기와 걸음마다 호위하듯 총총히 반짝이는 윤슬을 뒤로하고, '디지털미디어시티역'이라 가리키는 표지판을 따라 착실히 도심 위로 올라간다.

매섭게 달리는 택시와 심야버스의 헤드라이트, 꺼지

지 않는 방송국 건물들의 불빛이 '얄짤'없이 쏟아진다. 건강 어플을 켜 오늘의 걸음수를 확인한 뒤, 집 앞까지 가는 버스와 집 근처 역까지 가는 버스 중 후자를 선택하는 것으로 마지막 고집을 부려본다.

머지않아 또 하루가 시작될 테고 새 하루와 그 하루의 끝 사이에서 나는 여전히 걷고 있겠지.

실감하는 말들

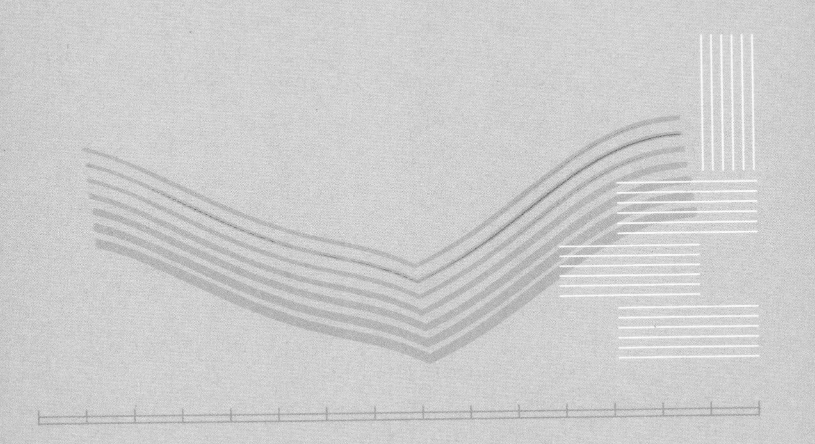

나는 우리가 넘어온 시간이 진화에 가깝다는 생각을 했다.

내가 단지 내가 되네,라는 자명한 사실이

왠지 더는 실망이나 아쉬움으로 느껴지지 않을 것 같다는

어렴풋한 해방감과 함께.

나는 비로소 실감이 하나씩 돌아옴을 느꼈다.

✦

오래전부터 나는 종종 실감을 잃어버렸다. 내가 어째서 나인지, 무엇으로 살고 있는지, 왜 지금 여기에 있는지. 나와 스스로 거리를 두는 가벼움과 내가 한순간 사라진 듯한 허탈함은 전혀 다르다. 후자가 지속되는 것은 생각보다 오싹한 일이라, 가능한 한 빨리 달아나야 한다. 하지만 그런 순간이 요새는 부쩍 더 자주, 예고 없이 찾아온다.

최근에도 실감을 잃어버렸다. '또'야? 평소보다 망연자실했다. 이렇게 열심히 살고 있는데 실감은 왜 자꾸 달아날까. 문득 이대로 등을 돌려버리면 나는 앞으로도 실감과 영원히 평행선을 달리는 것밖에 안 되겠구나 싶은 생각이 들었다. 실감을 잃어버렸을 때 내가 해야 하는 일은, 잃어버렸다는 사실을 잊는 게 아니라 실감을 되찾는 일이었다. 내게 일어난 일이 무엇이든 없었던 셈 치지 않기, 허탈하고 무섭고 두려운 내 마음을 속이지 않기. 사실 그건 십수 년간의 일기 쓰기로 단련돼 있는 거라고 생각했는데, 그래서 도무지 자신을 잃어버리려야 버릴 수가 없을 텐데, 실감은 그런 내 사정은 아랑곳 않고 멀리 떠나 있었다.

내가 나로 사는 것을 필사적으로 해내는 동시에 완전히 발을 내리지는 못하고 부유하는 기분이 지속됐다. 그즈음 D를 오랜만에 만났다.

D는 같은 과 동기로 시작해 감정의 부침 없이 착실히 우정을 쌓아온 귀한 친구다. D와 나는 D의 집에서 우리 사이에 오래전부터 이어져 온 이야기를 아주 오래 나누었다. 우리 둘보다 오래된 노래들을 BGM으로 틀어둔 채로. 얼마 후 유튜브 알고리즘이 지금은 심리적 부대낌으로 즐겨 듣기 어려워진 어느 가수의 히트곡 메들리 영상을 재생했다.

"정말 좋아했는데, 이젠 내 길티 플레저가 됐어." 내가 억울해하자 친구가 "알아, 인마." 받아쳤고 우리는 한참을 웃으며 흥얼거렸다. 친구가 다시 말했다. "내가 널 몰라?" "그러니까." "그래도 듣지 마." "알았어." 친구는 경고하듯 말하면서 정작 그 가수의 또 다른 영상이 재생되는 건 모른 척하며 덧붙였다. "근데 노래 너무 좋다." "그치." "안 돼, 그래도 듣지 마." "알았어." 우리는 또 실없이 웃었다. 우리의 목소리가 커질수록, 작은 방을 둘러싼 공기가 점점 따뜻해지는 걸 느꼈다. 그 아늑함이 문득 과분하게 느껴져서 마음이 울렁거렸다.

D와 밀린 근황을 나누다가 A의 이야기가 나왔다. A는 비교적 최근에 다시 인연이 되어 나와 여러 일들을 함께하고 있는 후배다. D가 어렴풋이 얼굴과 이름만 기억하는 A를 회상하며 말했다. "걔는 나를 기억 못 할 텐데, 나는 걔가 처음부터 마음이 가고 좋았어. 눈빛이 예뻤거든. 나도 아주 잊었다가 네 덕분에 생각났네. 잘 지내고 있대? 행복했으면 좋겠다."

D가 나와 A의 인연을 거듭 반가워할 때, 나는 D가 A를 향해 꼭 행복했으면 좋겠다 말한 것이, 갑자기 샘솟을 수 있는 애정이 반가웠다. 그 말을 하는 D의 얼굴이 너무도 환해서 감격했다. D가 그런 사람이어서 나는 D를 좋아했지. D도 비슷한 이유였을지 모른다. 우리끼리

있을 때 우리 각자가 품은 사랑들은 평소보다 자유로워지니까. 유난한 게 아니고, 과장된 게 아니고, 오롯한 진심으로 받아들일 수 있으니까.

대화는 계속됐다. 낯을 심하게 가려 웬만해선 방문객이 떠날 때까지 모습을 잘 드러내지 않는 D의 첫째 반려묘가 기어이 캣타워 밖을 나설 수밖에 없을 만큼, 우리의 말들은 끝날 줄 몰랐다. 대화 사이사이, 사람 좋아하는 둘째를 껴안고 쓰다듬고 냄새를 맡다 보니 집에 가고 싶지 않아졌다.

"…그때 너는 아무렇지 않게 웃고 있었지만, 꼭 도와줘야 할 것 같았어. 내가 더 늦기 전에 복학하길 얼마나 잘했다고 느꼈는지."

맞아, 그땐 그랬지. 자기 자신은 어떻게 구해야 할지도 모르면서 당장 옆에 있는 친구의 위태로움을 지탱하는 데 더 열심이었지. 그 고마움을 기억하기 때문에 우리는 여전히 친구인지도 몰랐다. 부끄럽고 창피해서 숨어버리는 게 아니라, 기꺼이 기대고 그다음엔 내 기댈 자리를 네게 내어주었으니까. 그 시절에 우리는 우리 덕분에 반드시 괜찮아질 수 있었다. 다시금 안 괜찮아지는 것을 탓하지도 않았다. 이런 시절도 영원하지 않을 걸 알아서, 앞으로는 온전히 혼자서 추스를 수밖에 없는 순간이 아주 많다는 것을 짐작이라도 했던 걸까? 특별히 현명하진 않았지만 그때나 지금이나 사는 데 열심인 우리는, 살아남은 우리가 되었다.

D가 제 살림을 꾸려 사는 모습. D의 살뜰한 냉장고를 보고, D의 고양이들이 자란 모습을 보면서 나는 우리가 넘어온 시간이 진화에 가깝다는 생각을 했다. 내가 단지 내가 되네,라는 자명한 사실이 왠지 더는 실망이나 아쉬움으로 느껴지지 않겠다는 어렴풋한 해방감과 함께. 나는 비로소 실감이 하나씩 돌아옴을 느꼈다. 나에게 어떤 시간들이 사라지지 않고 쌓여 있다는 것, 그 궤적을 누군가와 같이 더듬어보니 우연한 해결에 다다라 있었다. 실감은 연약한 나에게 알려주고 싶었는지도 몰랐다. 툭하면 '이걸 다 어떻게 견디고 있는 걸까', '앞으로도 잘 살아갈 수 있을까'를 고민하는 내게 이제 그만 실감 좀 하라고 말이다. 나를 믿고 사는 것에 대해.

그날 나는 결국 D의 집에서 잤다. 알람보다 일찍 눈

을 뜨니 테이블 위에 믿을 수 없이 아름다운 두 고양이가 나를 똑바로 바라보고 있었다. 간밤의 이야기를 모두 보고 들은 네 개의 커다란 눈동자, 네 개의 움찔거리는 귀가 나를 향해 있었다. 나는 두 고양이를 가만히 바라보다 친구가 깨지 않게 집을 나섰다.

*

D와 나눈 대화를 녹음해 두지 않은 것을 아쉬워하며 이 글을 쓰던 나는 수년 전 D가 보낸 메시지를 발견했다. 5년 전, '오래 기억하고 싶어서 나에게 보내놓은 D의 메시지'라는 제목으로 블로그에 비공개로 저장돼 있는 게시글이었다.

> 네가 잠깐 중요한 걸 놓쳐도 영영 놓치지 않게 함께 해 줄 사람이 있다고,
> 네가 미안해하지 않아도 기꺼이 어디든 같이 걸어 줄 사람이 있다고.
> 길을 헤매고 더듬더듬 찾아나가는 과정의 반복일 테지만,

서로가 서로에게 도움이 되며 결국엔 무사히,

목적지에 도착할 거라는 예상을 감히 해봐.

엄마의 취향 한켠에서

엄마가 병들고 나이 들어갈수록,

이상하게도 엄마를 무턱대고 연민하는 못난 버릇이 수그러든다.

그건 엄마가 지닌 가장 독특한 모습이

시간이 흘러도 결코 상하지 않을 거란 믿음 때문일까.

✦

기지개를 켜다가 그 자세 그대로 거실 벽에 나 있는 자국을 바라봤다. 아무것도 걸려 있지 않은 흰 벽 위로 페인트 롤러가 지나간 흔적이 희미하게 보였다. 이전 집 주인의 최애는 오드리 헵번이었나 보다. 그녀의 얼굴이 새겨진 빈티지 필름 같던 벽지를 제거하고 새로 도배하는 대신 엄마는 나를 끌고 마트에 가서 흰색 페인트를 샀다. 바닥에 신문지를 깔고 조심스럽게 롤러를 굴리는데 역한 냄새가 나지 않았다. 의아한 표정으로 엄마를 쳐다보니 엄마는 요즘 페인트는 다르다고 의기양양한 표정으로 나를 돌아봤다. 내 얼굴과 옷에 페인트가 점점이 튀는 동안 엄마는 자주 바닥에 앉아 쉬었다. 나는 이상한 데자뷔를 느끼면서 롤러를 더 힘 있게 굴렸다.

내 어린 기억 속에서 엄마의 자리는 주로 베란다 아니면 현관이었다. 엄마는 밖에서 이런저런 것들을 잘 주워 와서 부수고, 조립하고, 페인트를 칠해서 그것들이 집에 머물 만한 곳을 마련해 주었다. 그러면 나는 쪼그리고 앉아서 엄마가 하는 모양을 신기하게 지켜봤다. 좁은 집이었는데, 신기하게도 자꾸만 자리가 생겼다. 엄마가 주워 온 의자 위에는 새 없는 새장이나 부엉이 조각상이 앉았고, 항아리는 김치나 쌀 대신 꽃으로 채워졌다. 거울은 가족의 얼굴 대신 집 안의 키 낮은 풍경을 비추는 방향과 위치에 세워졌다. 이따금 스탠드 옷걸이나 협탁처럼 실용적인 가구를 가져온 적도 있지만, 엄마의 구체적인 손길을 거친 것들 대부분은 본래의 용도와는 다른 방식으로 존재했다. 그럴 때 엄마의 눈빛은 다른 렌즈를 낀 사람처럼 보였다.

물론 그건 아빠가 질색하는 일이었으므로, 혼자서 나를 수 없는 것들이 엄마의 레이더에 걸리는 날엔 내가 비밀스러운 동료가 되어야 했다. 어려운 일은 아니었다. 무엇보다 나는 엄마가 요구하지 않았음에도 엄마를 이해하고 있었으니까. 나는 갖고 놀던 종이인형이 너덜

너덜해지면 색연필이나 베개에, 하다못해 벽지에 그려진 무수한 구름에도 캐릭터를 부여해 인형놀이를 하던 아이였으니까. 그래서 나는 엄마가 나처럼 자기만의 소꿉놀이를 한다고 생각했던 것 같다. 엄마도 혼자 잘 노네,라고도 생각했다.

주변에 항상 함께 놀 친구가 있었어도 외동딸인 나는 혼자 있는 시간이 또래보다 절대적으로 많았다. 그게 익숙해서 딱히 심심하지도 않았고, 심심해야 하는지도 몰랐다. 종종 집에 오는 어른들이 애가 혼자라 외롭겠어,라는 말을 내 앞에서 버젓이 하면 외로움이라는 감정을 알지도 못하면서 아니에요, 저는 괜찮아요. 혼자라서 좋은데요?라고 조금 되바라지게 대꾸했다. 그럴 때 나는 엄마에게 자랑스러운 표정을 짓다가도 엄마도 혼자라서 좋을까?라는 생각이 동시에 들곤 했다. 나는 친구가 있지만 혼자 노는 건데. 엄마에게도 친구가 있었나? 설마 엄마는 친구가 없어서 자꾸만 밖에서 무언가를 주워 와 베란다에서 혼자 뚝딱거리며 노는 게 아닐까? (엄마는 이웃 아주머니들에게 인기가 많았지만, 내 눈에 그분들이 '친구'처럼 보이지는 않은 탓도 있다.) 그럼… 엄마는, 엄마야말로 지금 외로운 걸까?

이제 와 엄마, 그때 외로웠어?라고 확인할 필요는 없겠지. 다 자란 나는 외로움이 다른 감정보다 밀려 있거나 외면당하는 상황이 있을 뿐, 세상에 외롭지 않은 사람은 없다는 걸 알고 있으니까. 그러니까, 엄마는 오늘도 한순간 분명 외로웠을 테니까.

하지만 당시의 나로서는 엄마가 외롭지 않을까 전전긍긍하는 내 마음을 아빠가 해소시켜 주지 않을까 순진한 기대나 하는 아이였다. 하지만 아빠는 엄마의 많은 부분을 이해하지 못했다. 이해는커녕 당시의 나는 저러다 아빠가 엄마를 싫어해 버리면 어떡하지 걱정하곤 했는데, 크면서 알게 되었다. 엄마처럼 나이가 들어서도 어린 구석이 있는 사람을 아주 싫어하기란 어려운 일이고, 다만 생색을 내며 봐줄 수밖에 없다는 것을. 물론 엄마도 아빠에 대해서라면 할 말이 없는 것은 아니었다. 상대를 자기 뜻대로 바꿀 수는 없다는 건 인정해도, 너와 내가 얼마나 다른지를 꾸준히 상기시키는 방식으로 함께하는 것이 나의 부모였으니까. 말하자면, 서로가 서로를 책임지는 것을 쓰라린 훈장처럼 여긴 두 사람이었다. 돌이켜 보면 내 유년은 누구도 무엇도 회피하거나 외면하지 않은 덕분에 참 시끄러웠다.

그 소란함 속에서도 엄마의 조잡스러운 취미와 나의 은밀한 조력이 지치지 않고 반복되던 어린 시절이, 이사한 집의 도배를 새로 하는 돈이 아까워서 페인트칠을 하다 소환돼 버렸다. 그러자 마치 뉴런을 공유하고 있던 것처럼, 엄마는 페인트칠을 하는 나를 보며 이렇게 덧붙였다.

"잘하네, 우리 딸. 아까 오다 보니까 밖에 뭐 괜찮은 게 있던데. 이따가 엄마랑 한번 보러 갈까?"

따로 살고 있어도 나는 변함없이 엄마의 조력자다. 정확히는 엄마의 창고처럼 된 이 집의 베란다가 그렇다. 엄마는 우리 집에 올 때마다 여전히 길에서 무언가를 주워 온다. 아빠가 그것을 순순히 시골로 가져다 나를 일은 없으므로, 운전을 할 줄 아는 엄마의 이모나 친구들이 우리 집에 왔을 때 싣고선 가져가는 식이다. 그들의 깜찍한 선물로 둔갑한 골동품들은 내가 본가에 내려갈 때마다 흰색이었다가, 노란색이었다가, 하늘색이었다가 한다. 암 투병 이후로 좀 느슨해지긴 했어도 엄마는 여전히 자기만의 마당에서 소꿉놀이를 하고 있다. 그런 모습을 볼 때마다 뭔가에 좀처럼 질리거나 지겨워하지 않는 것, 어떤 타박에 주눅이 든 것처럼 보여도 실은 마음 깊은 곳에선 조금도 개의치 않아 하는 나의 성정이 엄마로부터 왔구나, 깨닫는다.

엄마가 병들고 나이 들어갈수록, 이상하게도 엄마를 무턱대고 연민하는 못난 버릇이 수그러든다. 그건 엄마가 지닌 가장 독특한 모습이 시간이 흘러도 결코 상하지 않을 거란 믿음 때문일까. 어찌할 수 없는 변화를 받아들이면서도 끝끝내 지키고자 하는 모습이, 혹은 노력 없이 지켜지고 있는 모습이 다름 아닌 낡은 무언가에 새로운 옷을 입히고 자신이 보기에 아름다운 모양으로 존재하게 하는 거라면. 나도 엄마를 그런 식으로 바라보고 싶고, 언제까지나 그렇게 기억하고 싶다. 점점 흐물흐물해져 가는 엄마를 조심스레 그러모은 뒤, 곱게 빚어두는 일. 그 일을 지겨워 않고 해나갈 먼 미래의 내가 그려진다.

*

거실 벽을 칠하고 얼마 지나지 않아 엄마와 나는 현관문을 연보라색 페인트로 칠했다. 그리고 겨울을 제외하면 격자무늬로 구멍이 뚫린 병풍 같은 중문을 펼치고 현관문은 줄곧 열어두고 지냈다. 바람이 잘 통하는 구조라 문을 열어두는 맛이 있는 집인데, 햇빛도 못지않게 들이치는 것을 간과했다. 덕분에 은은한 연보랏빛이 감돌던 현관문과 입구 벽은 어느새 짙은 회색이 된 지 오래다. 색이 빛바래 날아가지 않고, 아예 잿빛으로 타버린 것이다. 피부가 아닌 벽도 타버릴 수 있다는 것을 문을 열고 닫을 때마다 생각한다. 요즘 엄마는 우리 집에 올라올 때마다 사람 드나드는 입구가 이렇게 어두우면 복이 달아난다고 마치 자신은 이 결과에 아무런 책임이 없다는 듯 잔소리를 한다. 그렇지만 예전처럼 선뜻 팔을 걷어붙이며 페인트칠을 하자고는 않는다. 기력 없이 집을 둘러보며 못마땅한 구석을 짚어낼 뿐이다. 나는 동굴 같아 보이는 현관문이 꼭 외부로부터 보호받는 것 같아서 좋은데….

엄마와 함께 이 집에 새로운 색을 더하는 날이 또 올

까?

나는 이대로 계속, 아니 아예 현관문이 새카만 색으로 변해버릴 때까지 이 집에 머무는 나를 종종 상상한다. 롤러 자국이 문득문득 눈에 들어오는 거실에 앉아서. 엄마와 함께 만든 흔적은 미래에 가까워질수록 더 짙어지고 도드라진다.

인기가요 대신 일기가요

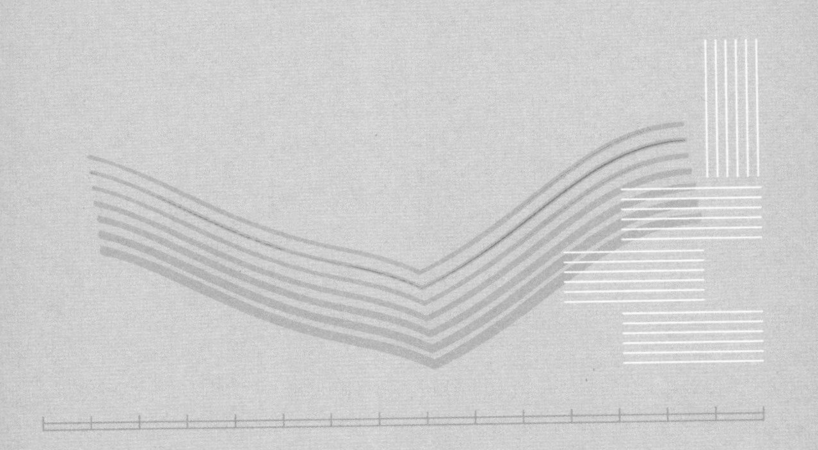

느낌적인 느낌만으로 끄덕이며 받은 위안이
어느새 나를 가장 구체적으로 다독이는 언어가 되었음을,
시공간을 넘나드는 청춘서사를 흥얼거리며 확인한 것이다.
나란 인간은 어느새 가사 한 줄에
온종일 마음이 구름 위를 걷다가, 가슴이 미어지다가,
한순간 온화해지는 사람이 되었다는 것을.

✦

인스타그램에 일요일마다 노래 한 곡을 듣고 글 한 편을 쓰는, 셀프 연재 프로젝트를 진행한 적이 있다. '이거 완전 딱 내 마음이다!' 싶은 가사를 붙잡아 한 주 동안 가장 맺혀 있던 나를 서리서리 풀어내는 글쓰기. 그러니까 좀 다른 방식의 일기 쓰기였던 셈인데 그 시작은 별안간 '입덕'해 버린 아이돌의 무대를 보겠다고 근 십수 년 만에 음악방송 본방 사수를 하던 어느 주말의 일이었다.

빨래를 개면서 얼굴도 모르는 아이돌의 노래를 제법 꿰고 있다는 사실에 놀라면서 내심 뿌듯해하다가 (음원 스트리밍 앱에서 매일 최신 발매되는 곡을 무작위로 챙겨 듣는 습관이 있다) 문득 아빠와 리모컨 쟁탈전을 벌이며 거실 바닥에 꼼짝 않고 앉아 있던 학창 시절을 떠올렸다.

대중가요와 아이돌을 향한 사랑을 자양분 삼아 무럭무

럭 자라던 2000년대, 바야흐로 〈음악중심〉이 〈음악캠프〉로 방영되던 시절. 각종 음악방송 앞에서는 엄마에게 등짝을 맞아가며 아빠와 얼굴을 붉히다가도, 아빠의 월급날이면 온 가족이 철판 요릿집이나 갈빗집에서 외식을 하고 노래방에 가서 목이 빨개지도록 노래 부르는 즐거움을 나누던 시절이기도 했다. 말하자면 그건 우리 가족의 '국룰'이었다. 음주가무에 능한 부모 덕분에 나는 아빠의 18번, 배호의 〈비 내리는 명동거리〉가 얼마나 구슬픈 멜로디인지 일찍이 감상할 줄 아는 초등학생이었다. 주말이 돌아오면 또다시 리모컨을 두고 유치한 싸움이 시작될 테지만, 그때만큼은 티브이 속 연예인을 보듯 미러볼 아래에 우뚝 선 아빠를 우러러보며 탬버린을 흔들었다.

엄마가 좋아하는 인순이의 〈이별연습〉은 또 어떤지. 당시의 나는 물론 인순이가 피처링한 조PD의 〈친구여〉를 즐겨 들을 때였지만 엄마를 위해 임정희가 부른 버전의 〈이별연습〉이라도 찾아 들으며 연습하는, 이상한 데서 세심한 딸이기도 했다. 엄마는 다소 음치라 누군가 자신과 함께 불러줘야 안심하고 마이크를 쥐었기 때문이다. 나는 우리 가족 중 노래하는 것을 가장 좋아했지만, 마이크를 독점하는 타입은 아니었다. 모두가 이 시간을 공평하게 즐거워해서 언제까지나 반복되기를 바라는 자였다. 잘 부르기 위해서는 잘 들어야 한다. 그게 내가 노래방에서 얻은 깨달음이었다. 그러다 내 차례가 돌아오면 god의 〈촛불하나〉를, 체리필터의 〈낭만고양이〉를, 한예슬의 〈그댄 달라요〉를 불렀다. 아, 갑자기 임창정의 〈소주 한 잔〉을 열창했던 기억이 끼어든다. 겨우 열네 살인 내가 "술, 이 한↘잔 생-각 나~아는 밤…"으로 시작하는 노래를 부를 때, 아빠는 어떤 심정으로 박수를 쳤을까?

십 대는 좀 그런 기분이다. 자라고 있다는 확인 없이 무작정 자랐구나 싶다. 음악도 그런 식으로 들었다. 무슨 이야기를 하고 있는 건지 다 알지도 못하는 음악을 참 많이도 듣고 잘도 부르며 시간을 건넜다. 뭐를 알아주길 바라는 건지도 모르면서 그냥 누구에게든 이해받고 싶을 때, 끈기 있게 곁에 있어준 건 음악이었다. 어렴풋이나마 이거였나 봐, 싶은 답을 찾아낼 때까지 여러 목소리를 들려주는 음악이 있어서 참 다행이라고 생각했다. 어쨌든 질리도록 음악을 듣고 나면 자신과의 불화도 그럭저럭 견딜 만해졌으니까. 그 안온한 기분은 지금도 여전하다. 어른이 되었다는 확인 없이도 어른으로 지내고 있어서일까. 바깥을 등지고 플레이리스트를 짜는 것은 문득문득 연약해지는 순간을 다독이는 가장 쉽고도 익숙한 방법이 되었다.

느낌적인 느낌만으로 끄덕이며 받은 위안이 어느새 나를 가장 구체적으로 다독이는 언어가 되었음을, 이제 찰랑거리는 소주 대신 시공간을 넘나드는 청춘서사를 흥얼거리며 확인한 것이다. 나란 인간은 어느새 가사 한 줄에 온종일 마음이 구름 위를 걷다가, 가슴이 미어지다가, 한순간 온화해지는 사람이 되었다는 것을. 그러자 음악에 빚진 긴 날들에 한 번도 제대로 응답한 적 없다는 생각이 들었다. 내 주특기인 갑자기 애틋한 마음이 되어서 어떤 의무감마저 샘솟았다.

그 길로 1년간 지면이랄 것도 없이 인스타그램에 '일기가요'*라는 이름으로 글을 썼다. 다시 보면 부끄러워

---

* 노래와 하루를 짝 지어 쓰는 음악일기. 일기의 마지막 문장은 한 줄의 가사로 매듭지어진다.

지우고 싶은 이야기뿐이지만 내가 가장 좋아하는 두 가지를 엮어 만든 해시태그를 독점했다는 생각에 내버려 두고 있다. 3분 남짓한 노래를 들을 때마다 노래보다 멀리 가는 마음을 따라가느라 몇 번이고 반복해서 듣는 시간은, 여전히 노래로부터 비로소 하루의 실마리를 찾는 오늘은 현재진행 중이니까. 언제고 다시 #일기가요 태그가 붙은 게시글이 올라올지 모를 일이다.

> 음악이 평범한 사물을 해체하고 재구성해 죽은 이미지를 걷어내고 숨겨진 신비를 드러낼 때 우리는 감동의 순간을, 새로운 의미로 가득한 시간을 한 겹씩 쌓는다. 그리고 겹겹이 쌓인 것들을 음미하며 인생은 살 만하다고 느낀다.*

어김없이 한 곡의 음악에 내 하루를 위탁하고 싶어질 때, 그렇지만 결국 음악보다 덜 근사한 하루를 일기로

---

* 송은혜, 《음악의 언어》, 시간의흐름, 2021. 클래식 음악 선생님인 저자가 음악과 음악 하는 삶을 향한 세레나데를 담은 이야기다. 장르와 형식에 무관하게 음악을 좋아하는 사람을 관통하는 말들이 가득하다. 클래식에 문외한인 나지만 몇 번이고 들춰보게 되는 아름다운 책.

남길 때. 나는 나로 사는 삶을 나만큼 잘 반복할 수 있는 사람은 어디에도 없다는 생각을 한다. 그게 결국 '살 만하다'라는 감각으로 귀결되는 일이라면 좋을 것이다.

좋은 가사를 쓰기 위한 덕목

내가 쓰고자 하는 가사를

다름 아닌 내가 가장 먼저 불러본다는 점에서

어떤 위로를 받을 수밖에 없었다.

알고 보니 노래를 쓰는 일과

노래를 부르는 일이 가깝다는 사실이,

내 마음에 착 달라붙었다.

✦

팔로워들의 스토리를 롤링하다 '바이블VIBLE'이라는 클래스 광고에 홀린 듯 접속하고 말았다. 인스타그램 알고리즘은 이 낯선 플랫폼의 퀄리티를 보장하는 여러 '마스터'들 중에서도 김이나 작사가의 프로필을 보여주었다. 이때의 나로 말할 것 같으면 아무튼 쓰기에 대한 가이드라면 그게 무엇이든 붙잡고 싶은 심정이었다. 좀처럼 나아가지 못하고 막혀 있던 내 작업을 뚫고 나가게 하리라 기대하면서.

그리하여 잠들기 직전만이라도 내가 보낸 하루와 반드시 다른 시간을 보내고 말겠다는 오기로 살펴본 작사 클래스는 총 열다섯 개의 에피소드, 회차 당 평균 10분 남짓하게 짜인 제법 콤팩트한 구성이었다. 나는 별다른 고민도 않고 결제를 승인했다. 일상에 클래스를 끼워 넣을 어떠한 계획도 세우지 않고, 최소한의 흥미를 탐색할 과정도 거치지 않고 신청한 클래스는 처음이었지만 터질 듯 부푼 머릿속에 작은 창을 내어줄 환기가 절실했던 새벽, 김이나 작사가의 클래스가 꼭 그런 역할을 해줄 것만 같았다.

결제와 동시에 [인트로]와 [좋은 가사에 대한 정의], 그리고 [신인 작사가가 데모를 받을 수 있는 방법]까지 세 개의 클래스를 연달아 들었다. 반쯤은 멍때린 채 듣는 와중에도 나도 모르게 오오, 아아, 하는 감탄이 자꾸만 새어 나와서 자세를 고쳐 앉고 메모장을 화면 아래로 작게 켜둔 뒤 키보드에 손을 올렸다.

> 나의 이야기에 대한 욕구가 너무 큰 사람들은 자신 안에 갇혀서 매번 비슷한 가사가 나올 수밖에 없습니다. … 그래서 작사가라는 직업은 나의 이야기보다 오히려 남의 이야기에 관심이 많은 사람들이 조금 더 유리한 직업입니다. 그 수많은 사람들의 이야기에 수많은 가사들이 들어 있고 또 더 많은 사람들이 공감할수록 더 좋은 가사가 될 수 있으니까요.

이 말은 '가장 나다운 나'를 써야 한다는 압박, 내가 쓰는 글은 '더욱더 나'여야 한다는 강박으로 애를 먹고 있던 내게 의외의 해방감을 주었다. 이야기의 주체가 자꾸만 내가 되어서는 안 된다는, 작사법에서 유효한 말들이 숨통을 틔워주었다. 그런데 생각해 보면 에세이나 소설을 쓸 때도 비슷하지 않나. 자신에게 지나치게 매몰되어 있는 글은 쓰는 입장에서는 쉽게 질리고, 읽는 입장에서도 비슷한 변주일 뿐이니 재미있지가 않다. 무엇보다 내가 나에게만 집중할수록 글 속의 나는 연필을 너무 꾹 눌러쓰는 바람에 끝이 부러진 흑심처럼 납작해진다. 결국 벼렸던 마음보다 뭉뚱그려진 글씨를 남기고 만다. 우리가 자기만의 고유함을 알아보기 위해서는 아이러니하게도 타인과 함께하기를 감수해야 하듯 글도 같은 운명이겠지. 내 곁에 아주 많은 삶이 관계되어 있음을 안다면 '진정한 나'를 찾거나 완성하기 위해 애쓰는 시간을 줄일 수 있을 테니까. 그 여분의 힘으로 다른 삶을 만날 기회를 늘려간다면, 나를 바깥에 세워두고 쓰는 글도 쌓여가겠구나.

여기까지 깨닫고 앞서 메모한 구간을 재생해 본다.

"나의 이야기에 대한 욕구가 너무 큰 사람들은 자신 안에 갇혀서 매번 비슷한 가사가 나올 수밖에 없습니다…."

내가 쓰는 글의 주체는 영영 나일 수밖에 없지만 글의 주제는 결코 나뿐만이 아니어야 한다는 사실. 그러므로 계속해서 다른 공간, 다른 사람, 다른 세상에 속해보자는 다짐으로 클래스에 대한 감상을 정리—좋은 가사를 쓰기 위한 덕목을 에세이에 대입—했다.

그 주의 일기가요에 이런 일기를 남기면서 말이다. "남은 12회 차의 클래스는 앞으로도 언제고 생각이 멋대로 부풀 때 찾아 들으면 좋을 것이다. 조바심 내지 않으면서 가벼운 기대로 남겨둘 수 있는 일을 지닌다는 것, 퍽 괜찮은 기분이다"라고. 그리고 우습게도 이날이 클래스를 들은 마지막이 되었다. (바이블에서 구매한 클래스의 재생 가능 기간은 진즉에 만료되었다.) 그냥, 여느 때와 마찬가지로 자연히 잊어버렸을 것이다. 대단히 인상적이라 감탄했던 순간도 무심히 밀려오는 일상에 쓸려 가기 일쑤니까.

그런가 하면, 이리저리 표류하며 떠밀려 오고 있는

미래도 있다. 모 작사가 에이전시에서 데뷔반 수강생으로 케이팝 가수들의 데모곡 작업을 하고 있는 나를 이때는 물론 알 수 없었겠지만.

그리하여 이 글을 쓴 현재완료 시점의 나로서는, 본격 작사가 지망생으로서 좋은 가사를 쓰기 위한 덕목을 체득하는 것이 더 간절해졌음을 덧붙여본다. (인생이 이렇게나 얄궂다.)

미래의 노래

'아, 이제 좀 살 것 같다'는 생각을, 다들 언제 하는지 궁금하다. 나는 노래를 (특히 케이팝을) 들으며 걸을 때마다 그런 생각을 한다. 그러니까 나는 자주 살 만하다. 케이팝 덕분에.

나를 지독한 아이돌 덕후로 보는 사람들이 많은데 (물론 맞지) 굳이 따지자면 '케이팝 처돌이'에 더 가깝다. 나는 좋아하는 아이돌이 많은 사람이라기보다는 (아이돌팝으로 대표되는) 케이팝이라는 (엄청나게 복잡하고 믿을 수 없게 다채로운) 장르를 너무 좋아하기 때문에, 좋아하는 아이돌이 많을 수밖에 없는 사람인 것이다. 언젠가

"아이돌은 사랑하라고 만들어진 존재 같다"라는 말을 들은 적 있는데, 고개를 끄덕이는 한편 내가 아이돌을 사랑하게 되는 데 필요한 1순위의 조건이 그들의 음악이라고 말하지 못한 걸 아직도 조금은 후회하는 중이다. 어째서인지 아이돌에 대한 사랑보다 케이팝에 대한 사랑을 고백하는 일이 훨씬 어렵다. 하지만 그냥,이라는 말로 에두르고 싶지 않으므로 생각해 보았다.

이 생각을 좀 더 깊이 해보기 위해 플레이리스트에서 노래를 고르기 시작했다.

그 순간 스치는 생각. 맞아, 그랬지. 케이팝을 들으며 비로소 진입하거나 빠져나온 마음의 방이 참 많았지. 구름판을 밟은 것처럼 나를 한순간 벅차오르게 하고, 그렇게 한순간 솟아오르면서 위로받게 하는 음악. 나는 케이팝의 그런 면들이, 그런 면들을 발견하며 듣는 내 모습을 좋아했지. 그러자 나라는 인간을 구성하는 기본적인 정서가 있다면 아마도 그건 케이팝으로부터 만들어졌을 것이라는 확신이 들었다. 무언가에 감탄하는 마음, 무언가를 안아주는 마음. 나는 그런 게 가장 쉬운 사람이니까.

그렇지만 오프라인의 케이팝 작사 클래스를 등록한 것은 순전히 충동에 의해서였다. 일전에는 글쓰기에 새로운 환기를 더할 요량으로 온라인 작사 클래스를 기웃거렸다면, 이번엔 케이팝에 대한 내 묵묵한 진심이 가자기 튀어나온 것이다. 케이팝은 내가 듣거나 부르기 위해 한 곡의 결과로서 만나는 대상이지 그 과정에 어떤 식으로든 참여하고 싶다는, 참여할 수 있다는 생각을 해본 적은 없었다. 처음 듣는 노래는 꼭 가사를 보면서 들어야 하고, 유독 마음에 꽂힌 노래는 대충 흥얼거리기보단 제대로 부르고 싶어지고, 그런 날엔 가창이 마치 가사를 필사하는 일처럼 느껴지다가 언어의 진짜 자리는 멜로디 위가 아닐까? 하고 호기심과 벅차오름 사이에서 계속해서 다음 곡을 들었을 뿐. 그리고 그런 노래들이 화성和聲처럼 쌓이던 어느 날, 케이팝이 어떻게 쓰이는지 알고 싶어졌다.

스스로를 '노래를 불러야 하는 사람'이라고 여기던 시절이 길었다. 그런데 작사법을 배우면서 노래를 잘 쓰기 위해서는 계속해서 불러가며 써야 한다는 것을 깨달았을 때, 나는 완전히 종결되어 상실로 남은 시절이 새롭게 이어지고 있음을 느꼈다. 물론 이때의 가창이란 내 가사가 이 멜로디를 잘 살리는지, 가수의 입에 잘 맞을지 점검하기 위한 과정일 뿐이지만, 나는 내가 쓰고자 하는 가사를 다름 아닌 내가 가장 먼저 불러본다는 점에서 어떤 위로를 받을 수밖에 없었다. 알고 보니 노래를 쓰는 일과 노래를 부르는 일이 가깝다는 사실이, 내 마음에 착 달라붙었다. 그때부터 작사가가 되기 위한 시간은 본격적인 일상이 되었다. 하루가 조금 더 빠듯해졌다는 뜻이다.

새벽 내내 빈 문서를 마주한 채 한 곡을 반복 재생하고 있다 보면 슬쩍 겁이 난다. 작사가가 되고 싶은 마음이 너무 커져서 언젠가 지금의 즐거움을 잃어버릴까 봐.

어쩌면 이런 게 진정한 지망생의 마음이겠지. 지금 나는 두려워하면서도 뒷걸음치고 싶지는 않으니까. 그러니 살면서 한 번은 더 지망생이 될 필요가 있었던 것 같다. 사전적 의미로서의 지망생이라면 거의 처음 겪는 거나 다름없다. '어떤 전문적인 분야의 일을 배우는' 사람이자 이왕이면 '어떤 조직이나 단체에 들고자 하는'

사람으로서. '되고 싶어!'라는 말을 질러놓고 웃을 수 있는 사람으로서.

김이나 작사가는 멜로디는 '노래의 얼굴'이고, 가사는 '노래의 성격'이라고 말했다. 좋은 멜로디가 사람들의 마음을 움직인다면, 좋은 가사는 오랫동안 들으면서도 이 노래에 질리지 않는 성격 같은 역할을 해준다는 것이다. 작사는 그러니까 노래에 성격을 입히는 일. 나는 마음의 옷장을 열고 내가 살아보지 못한 얼굴을 상상하며 내가 살아보고 싶었던 성격을 골라본다.

만약 오늘 내가 새 일기가요를 쓴다면 이 가사로부터 시작되겠지.

> 안녕 넌 어디에서 듣니
> 지금 이 멜로디를 말야
> 이 노랜 주인이 없대
> 네가 돼주면 어때*

---

* Zion.T & Cold, 〈헷갈려〉, 작사 김이나, 2019.

일기떨기*의 목소리들

내가 여기 이렇게 있다고.

오늘도 모르는 삶 하나가 우리의 목소리를 타고

이 세상에 잠깐 외쳐졌다.

삶이 딱 함께 떠든 만큼 부풀어지는 재미를

이제라도 누릴 수 있어 다행이다.

---

* 글 쓰는 세 여자의 일상 팟캐스트. '일기 쓰기'와 '수다 떨기'가 만나 탄생한 오디오 방송으로 편집자 윤소진, 소설가 천선란, 그리고 에세이스트이자 서점인 윤혜은이 함께 진행한다. 매주 각자 쓴 '밀린 일기'와 청취자로부터 '훔친 일기'를 번갈아 송출하며 대화를 이어나가며, 어플 '팟빵'에서 청취 가능하다. 이 팟캐스트를 대화집의 형태로 옮겨 온 공저 《엉망으로 열심히 살고 있습니다》(한겨레출판, 2023)를 출간했다.

✦

오랜만에 만난 지인의 질문 세례에 하나하나 대답하다가 갑자기 울음을 터트린 적이 있다. 간단한 근황이자 안부로 시작한 질문은 어느 순간 내 마음 한구석을 순수한 호기심으로 톡, 톡, 건드리는 물음으로 파고들어 가고 있었다. 친구라고 말할 수 있을 만큼 가까운 사이였고, 그는 원래 주변인들을 (그들 스스로 자기 이야기를 하게끔 이끄는 방식으로) 잘 살피는 사람이었으므로 꼭 처음 마주한 상황도 아니었는데 왜인지 한순간 그 자리가 못 견디게 버거웠다. 당시에는 컨디션 난조라든지, 그 무렵의 말 못 할 사정을 탓했는데 결코 그날만의 특수한 상황이 아니라는 것은 계절이 몇 번 더 바뀐 뒤에 알게 되었다. 실은 내가 말하기를 어려워하는 부류라는 사실을, 정확히는 '내 이야기'를 털어놓을 때 자주 막막해진다는 것을 깨달았을 땐 이미 친구들과 '일기'

와 '수다'를 앞세운 일상 팟캐스트 〈일기떨기〉를 시작한 이후였다.

평소 팟캐스트를 즐겨 듣지 않음에도 선뜻 방송을 시도할 수 있었던 건 함께하는 사람들에 대한 믿음이 크게 작용한 결과지만, 한편으론 어떤 자만에서였다. 또래보다 약간 달변이라는 편과 자신의 목소리를 좋아한다는 점, 무엇보다 내게는 늘 대화할 상대가, 말할 거리가 있었다. 잡담, 수다, 대화, 고민 상담, 비밀 고백, 작당모의, 발표, 낭독, 가창, 인터뷰 등등…. 사람들 가운데에서 말하고 있는 나는 굳이 떠올려 볼 필요도 없이 너무나도 익숙하고 자연스러운 일이었다. 결정적으로 그 모든 것을 기꺼워했기 때문에, 내 목소리를 상대에게 흘려보내는 건 쉬운 걸 넘어서 어쩐지 잘 해낼 수밖에 없는 일처럼 느껴졌다.

그러므로 지금껏 내 '말하기'란 것이 대체로 상대가 펼쳐 놓은 이야기에 대한 '반응하기' 위주이거나 최소한 읽거나 불러야 할 텍스트가 미리 준비돼 있는 국한된 자리에 한해서였을지도 모른다는 생각이 일었을 때, 스스로에게 굉장히 창피했고 또 무서웠다. 팟캐스트를 녹

음하고 돌아오는 길, 감아둔 태엽이 뒤늦게 풀리듯 했어야 할 이야기가 앞다투어 차오르는 밤이 잦았다. 하지만 대화는 이미 끝난 뒤였다. 뒤늦은 '입 트임'에 내가 할 수 있는 일은 앞서 녹음한 MP3 파일 속에서 버퍼링이 걸린 듯 띄엄띄엄 말하는 내 목소리의 행간을 좁히는 편집뿐. 선택된 구간을 단축키로 삭제할 때마다 내가 이렇게밖에 말하지 못한다고? 얼굴이 달아올랐다. 밀도 높은 대화를 나누지 못했다는 자책 같은 건 아니었다. 에세이를 쓰듯 마음으로 밑줄을 긋게 하는 말, 래퍼의 펀치라인 같은 말에 욕심을 내서도 아니었다. 〈일기떨기〉는 서로의 근황을 살피는 일상 팟캐스트이므로, 이미 말하기의 강박에서 여러모로 자유로웠고 그로 인해 말하는 이도, 듣는 이도 삼천포로 빠지고 마는 수다에서 오는 즐거움이 큰 방송이니까.

문제는 그 안에서 도드라지는 나의 패턴이었다. 두 시간 동안 세 사람이 룰렛을 돌리듯 이어지는 대화에서 정확히 내 몫의 말을 해야 한다는 부담이 나를 종종 얼어붙게 했다. 제자리에서 고개를 한 번 끄덕이고 마는 게 아니라 내 이야기 하나를 끄집어내 대화를 이곳에서 저곳으로 옮겨둬야 하는 공식 아닌 공식을 체득하기까지 제법 시간이 걸렸다. 나는 말수가 적진 않은데, 선뜻 말을 걸지는 않는 사람. 먼저 만나자고 할 순 있지만, 내 이야기는 제일 나중에 꺼내놓는 사람. 몰랐던 건 아니다. 그런 태도가 수다 팟캐스트에 결코 적합하지 않음을 맞닥뜨렸을 때 아차 싶었다는 얘기다. 돌이켜 보면 내가 속한 말그릇은 나보다는 타인의 말들 위주였다. 언제나 나보다 더, 자기 자신에 대해 말하고 싶어 하는 사람들이 많았다. 그래서 상대가 하고 싶은 말을 들어주는 일, 보이고 싶은 모습을 알아봐 주는 일이 익숙했다. 나를 말하는 방식으로도 누군가를 들을 수 있다는 것. 아니, 나를 말해야만 들을 수 있는 이야기가 있다는 것을 〈일기떨기〉를 진행하면서 배웠다.

앞선 내용을 정리하고 적절한 피드백을 주는 나의 주된 역할은 변함없지만, 아직도 그런 식으로만 흘러간 회차도 종종 있지만, 그럴 땐 편집을 하면서 빨리 다음 방송이 돌아오기를 기다리게 된다. 아쉬움보다는… 멤버들과 청취자들에게 비겁해지기 싫어서다. 여전히 나를 적절히 자르거나 붙이는 일에 더 신속하고, (그러나 이런 빠름은 대화 속에서 오히려 나를 느림보로 만든다) 그걸 더 원하는 내 마음도 매번 느낀다. 하지만 적어도 〈일기떨기〉에서만큼은 힘을 빼고 성큼성큼 걸어보고 싶다. 진정한 말의 한가운데로, 이미 다른 두 친구가 그러고 있는 것처럼 말이다. 선란과 소진이 나보다 대화에 능숙한 건 맞지만 이들이 처음부터 '청취당하는' 대화에 부침이 없었으리라 생각하진 않으니까. 하지만 우리는 2년째 서로의 방청객이자 공동 사회자이자 매번 유일한 게스트가 되기를 반복하고 있다.

〈일기떨기〉는 대본이나 기획된 주제가 있는 방송이 아니기 때문에 부지불식간에 튀어나오는 나는 내가 누구인지 절대로 잊지 않게 한다. 심지어 무슨 말을 해야 할지 몰라 잠시 침묵하고 있을 때에도 '나'는 도드라진다. 쉼표 없이 말하거나 망설이는 순간은 단지 대화의 상태만을 의미하지 않으니까. 각각의 상태가 지속되는 지점은 어떤 사회나 세상을 대하는 내 방식을 은근히 드러내서 일기보다 대화를 통해 들키는 내가 훨씬 많다. 신기한 건, 상대도 마찬

> 가지라는 점이다. 이건 일방적인 질의응답이나 인터뷰가 아니니까. 나와 다른 속도로 대화하는 상대도 끊임없이 들키고 있는 중인 셈이다. 놀라운 건 우리 세 사람이 계속 그러하기를 원한다는 점이다.*

그러니 더는 내 앞에, 옆에 앉은 이들에게 원하는 만큼 거리를 둘 수가 없다. 오히려 그런 조절이 부대끼기 시작했다. 애초에 적정 거리를 알지 못한 채 끌린 사이이므로 그 거리감이라는 것조차 거듭 만나야만, 만나서 이야기를 나눠야만 알 수 있는 것이다. 셋이 나누는 대화 속에서 나는 서로의 차이만큼 잠깐잠깐 달라진다. 살아온 관성으로 결국 제자리로 돌아온대도, 언젠가는 '일기떨기의 관성으로' 돌아오는 자리도 생기겠지.

이제 나는 기억 속 어린 날의 친구들이 "오늘도 내 얘기만 해서 미안해"라고 말하는 모습을 떠올릴 때, 오래전 주고받은 편지 속에서 "나도 언젠가 네 얘기를 들어줄 숲이 될게"라는 글씨를 마주칠 때, 그들에게 내 일기

---

* 천선란 · 윤혜은 · 윤소진, 《엉망으로 열심히 살고 있습니다》, 한겨레출판, 2023.

를 읽어준 뒤 수다를 떨고 싶어진다. 모두 한 번씩은, 팟캐스트에 초대해 보는 상상을 한다. 언제나 후순위로 미뤄두었던 나를 털어놓으며, 엉망으로 열심히 사는 것을 부끄러워하지 않는 모습을 늦은 답장 대신 나눌 수 있다면. 왜냐하면 〈일기떨기〉에서 나누는 대화는 59회 차의 나, 60회 차의 나이기보다는, 오늘에 이르기까지 건너온 모든 시간에 전하는 이야기나 다름없으니까.

〈일기떨기〉는 어느새 각자의 복구할 수 없는 시절을 수정하는 방법 중 하나가 되었다. 말하기야말로 절대로 회수할 수 없는 것, 그러나 우리는 주워 담을 수 없는 그 말을 오래오래 더하자는 약속을 해버렸다. 우리의 삶이, 이 삶에 대해 무슨 말이라도 계속해 보고자 하는 시도와 붙어 있는 한 누구든 함께 이야기하고 싶어 한다는 사실을 알아버렸기 때문이다. 나로 사는 일에 친밀함을 느끼는 일이라면, 더 많은 사람과 나누지 않을 도리가 없다.

청취자들의 새 일기가 도착할 때마다 나는 어떤 안심을 한다. 읽을거리가 생겨서가 아니라, 자기 얘기를 하는 사람들의 존재는 그 자체로 힘이 된다는 걸 느끼고 있기 때문이다. 반드시 해야 하는 말보다, 살아 있음에 가능한 말은 그 자신의 세계를 말하기의 시간만큼 증명한다. 내가 여기 이렇게 있다고. 오늘도 모르는 삶 하나가 우리의 목소리를 타고 이 세상에 잠깐 외쳐졌다. 삶이 딱 함께 떠든 만큼 부풀어지는 재미를 이제라도 누릴 수 있어 다행이다. 혼자서는 때때로 무겁게 침잠하는 시간이, 우리들의 말로 만든 둥근 막膜 안에서는 이리 구르고 저리 구른다. 그러다 주머니에 넣어둔 사탕이나 옷핀을 발견하듯 툭 떨어지는, 잊고 있던 자신을 발견하게 되는 일. 녹아버리거나 영영 사라질 수도 있었던 시간은 그때부터 새롭게 흐르기도 한다. 자기를 익숙한 반경 너머로 흘려보낸다는 것은 그런 일 같다. 〈일기떨기〉가 내겐 그랬다.

소리는 본질적으로 섞이기를 원한다고 했다. "우리가 그곳에 있다는 걸 알려주는 수많은 작은 소리들도요. 우리의 숨소리. 우리가 듣고 있음을 알려주는 소리. 바로 그런 소리들이 있었기에 옛날에는 아날로그 전화기를 몇 시간씩, 때로는 아무런 말도 하지 않은 채 붙잡고 있는 게 가능했어요. 전화기 건너편 상대방의 존재를 느낄 수 있었지요."*

〈일기떨기〉가 집집마다 전화기가 있던 시절의 전화 통화 같은 방송이 된다면 좋겠다. 때론 아무 말 않아도 개의치 않고 수다를 떨어주는, 그저 가만 듣고 싶은 마음을 알아주는 친구처럼 말이다. 하지만 약속하기로 하자. 우리의 이야기가 끝난 뒤에는 당신의 목소리가 다른 곳에서 충분히 섞이게끔 말하겠다고. 이건 편집을 마칠 때마다 되뇌는 나의 다짐이기도 하다.

---

* 데이먼 크루코프스키, 《다른 방식으로 듣기》, 정은주 옮김, 마티, 2023.

나로 사는 재능

좋아하는 마음이

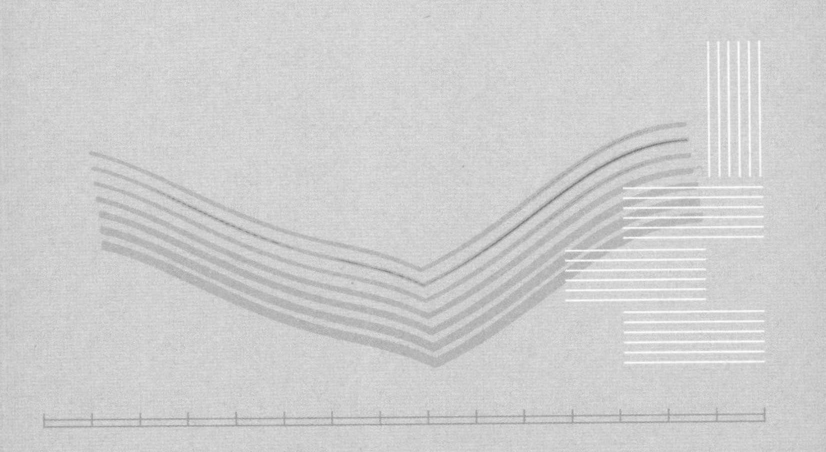

이제 내가 기대할 수 있는 것은,

쓰기를 좋아하는 마음이 언제나

간절한 마음보다 커다랗기를 바라는 것뿐.

그럼 도망치는 일은 없을 테니까.

✦

내 학창 시절을 통째로 저당 잡힌 문장이 있다. "영화 배우를 꿈꾸는 수천 명의 사람이 있지만 걱정하지 않아요. 내가 제일 열심히 꿈꾸니까." 미니홈피 파도타기를 하다 낯선 이의 사진첩에서 만난 이 말은 그 유명한 마릴린 먼로의 환풍구 사진 아래에 아기자기한 폰트로 더해져 있었다. 지금은 위 문장과 '마릴린 먼로 명언'이란 키워드를 아무리 조합해서 검색해도 마땅한 결과가 나오지 않는다. 기억 속에서 잘못 편집되었거나 출처 없이 떠도는 글과 유행하는 이미지의 조합이었을 수도 있다. 하지만 매일같이 음악학원 보컬룸에 틀어박혀 무대 위의 내 모습을 꿈꾸던 나로서는, 그러나 점점 노래를 잘하는 사람과는 거리가 멀어지고 있던 시기의 자신을 달콤하게 위로하기 딱 좋았다.

어떻게 하면 '내가 연기를 가장 잘하니까', '내가 제일

멋지니까'와 같은 말이 아니라, '내가 제일 열심히 꿈꾸니까'라고 자신할 수 있는 걸까? 나는 순진하게도 그 중심에 좋아하는 마음이 있을 거라고 생각했다. 물론 그렇기도 하겠지만, 좋아하는 마음을 무기로 삼겠다는 의지가 바로 마릴린 먼로 같은 슈퍼스타를 만든 것이라고 손쉽게 오독해 버렸다. 그때의 나는 무언가를 1등으로 좋아하는 마음이라면 부동의 자리를 지킬 자신이 있었으니까.

하지만 좋아한다면 더 노력할 수밖에 없었을 텐데. 정말로 좋아한다면, 좋아하는 마음이 조금도 훼손되지 않도록 꽁꽁 싸맬 게 아니라 좋아하는 마음과 함께 기꺼운 모험을 했어야 했는데. 나보다 노래를, 노래 부르기를 좋아하는 사람은 없다고 자신했으면서 결국 그 좋아하는 마음이 버거워 도망치고 말았다. 6년의 시간을 한순간 너무 쉽게 등졌다.

어렸을 때는 누구보다 앞장서서 내 실력을 탓하면 돌아서는 마음이 덜 창피할 거라고 생각했다. 쿨하고, 객관적이고, 이성적으로 보이겠지. 그딴 걸 보여줘서 어디에 쓰려고 그랬을까. 음악을 그만두겠다고 부모님에게, 레슨 선생님에게, 친구들에게 털어놓자마자 모든 것이 순식간에 없던 일이 되었는데. 너무 창피해서 한 번 더 쿨한 척, 객관적인 척, 이성적인 척을 했다. 괜한 짓을 한 건 아닐까 어안이 벙벙한 가운데 앞으로는 나를 증명하거나 노력할 일이 없다는 현실이 찰나의 해방감과 함께 끼어들었다. 그제야 깨달았다. 나는 좋아하는 마음마저도 충분하지 않았구나. 내가 도망친 건, 실은 너무나도 무언가 되고 싶은 간절한 마음이었구나.

그리고 얄궂은 시절이 이어졌다. 입학한 대학에서 우리 과는 하필이면 실용음악과와 같은 건물을 썼다. 심지어 개강 첫 주에는 같은 음악학원을 다니던 언니가 예대 마당에서 나를 알아보고는 당연히 자기네 신입생일 거란 확신으로 알은체를 해 오는 일도 있었다. 나와 팔짱을 낀 문예창작 동기들은 영문을 모른 채 신기해하고 나는 음표가 그려진 언니의 과잠바를 오래 바라보던 순간. 아, 좀 너무하네…라는 감상에 잠길 새도 없이 곧장 소설 창작 시간을 지하실에서부터 둥둥 울려 퍼지는 합주 소리를 들으며 견뎌야 했다. 도망쳐 봤자 학교가 지척인 자취방뿐이라 별 소용도 없었다. 나의 스무 살은 신발 밑창에 미세한 진동이 느껴질 때마다 강의실을 뛰쳐나가고 싶은 마음을 다스리는 데 쏟았다. 음악에도, 소설에도 나의 재능 없음을 매일 두 배로 마주하면서 제정신이기 위해서는 이 생활에 최대한 익숙해지는 방법밖에 없었다.

그러니까 뜻밖에도, 그냥 하는 것이 이 시기를 견디게끔 했다. 지긋지긋한 간절함도 툭하면 불거지는 애틋함도 없이 썼다. 써야 하는 글들을 피하지 않고 다만 쓸 수 있는 만큼만 썼다. 그 정도만 하는 데에도 엄청 힘이 들었다. 애는 쓰되, 욕심 없이 썼으므로 과제든 공모전이든 결과는 늘 시원찮았지만 그래도 마음에 무리가 가지 않고 뭔가를 하고 있다는 게 좋았다. 나의 쓰는 시간은 무심하고 성실하게 흘렀다. 이만하면 됐으니 성과 없는 쓰기를 멈추고 한눈을 팔아볼까, 같은 생각은 들지 않았다. 아마 본능적으로 알았겠지, 쓰기가 나를 지탱해 주고 있다는 것을. 졸업과 함께 오직 나에게로만 골몰하던 삶이 흐려져 갈 때는 오히려 쓰기와 좀 더 가까워지는 기분을 느꼈다. 노래했던 시간을 마침내 글을 쓰며 지낸 시간이 넘어섰을 때는 짜릿하기까지 했다.

내가 쓴 글이 무언가가 되어서가 아니라, 글을 쓰다 보면 더욱더 내가 되어간다는 공식을 이해했기 때문에.

혹시 노래도 같을 수 있었을까, 아직도 아쉬움 없이 상상하곤 한다. 음악을 하며 도착한 미래도 어쩌면 내가 만난 쓰기의 오늘과 비슷했을지 모른다고. 나만 부를 수 있는 노래보다 노래하는 나를 쌓아가면서…. 대충 위로하고 넘어갈 수 있는 상상의 끝에서도 결국 고개를 젓고 만다. 아마 아니었을 테니까. 그때의 내 발화점을 나는 기억하니까. 오래 타올라 번지는 발화가 아니라 폭발하고 소멸되는 덩어리였으니까. 성에 차지 않았을 것이다.

언제부턴가 '되고 싶다'는 내게 금기어가 됐다. 대신 '하고 싶다'는 말을 달고 살았다. 되고 싶다는 건 그것이 불가능한 현재를 도드라지게 만드는 반면, 하고 싶다는 말은 곧 그것을 해낼 미래를 앞당기는 것 같았다. 그래서 '되고 싶다'를 포기하면 패배하는 마음과는 영영 안녕인 줄 알았는데 아니었다.

나의 하고 싶음, 하고 있음은 '그것으로 무언가 되지

않아도 괜찮음'이 보장돼야만 발현되는 거였다. 사실 되고 싶지만, 아니어도 괜찮기로 하는 거다? 스스로 다짐해야만 시작할 수 있는 일. 이 마음은 아늑하고 부담이 없지만, 그래서 때로는 팔랑팔랑, 때로는 성큼성큼 어디로든 가볼 수 있지만 그 산뜻함이 때때로 불안하다. 그런 날엔 걸음을 멈추고 이게 맞아?라고 묻고 싶다. 원하는 만큼 돌아오지 않는 결과에 대해서가 아니라, 그런데도 괜찮다고 입꼬리를 당긴 채 웃는 것이 정말로 괜찮은지. 궁금하면서도 제대로 들여다보고 싶지 않기도 하다. 빠르게 회복하고 넘어가지 않으면 오래 속상해하고 괴로워하다 다시는 무엇도 시도하지 못할 것 같은 두려움이 너무 크기 때문이다. 어, 나 왜 지쳤지? 그럴 리가 없는데. 하고 뒤를 돌아보면 어느새 슬그머니 따라붙은 간절한 마음의 무게가 느껴지는 식이다. 난 이제 괜찮아, 뭐든 그냥 할 수 있는 마음이 되었어, 라고 되뇌어도 까라진 마음은 얼마간 이어진다. 가능한 한 순수하게 몰두하려는 나와 좀 더 욕심을 내라며 재촉하는 나는 여전히 충돌 중이다.

그러니까 이 글은 회복의 이야기가 아니다. 몇 개의 예상치 못한 타임라인을 지나 나의 쓰기는 지금 여기에 있고, 글쓰기로 차츰 무언가를 바라고 있는 나를 까발리는 글이다. 나의 쓰는 시간은 자주 미어지겠지. 속이 상하겠지. 이제 쓰기는 나에게 상처를 줄 수도, 울게 만들 수도 있다. 오래전 좁은 보컬룸에서 그랬던 것처럼. 나를 어떻게 포장해도 괜찮지 않은 순간이 올 것이다.

그럼 이제 내가 기대할 수 있는 것은, 쓰기를 좋아하는 마음이 언제나 간절한 마음보다 커다랗기를 바라는 것뿐. 그럼 도망치는 일은 없을 테니까.

기분 관제탑

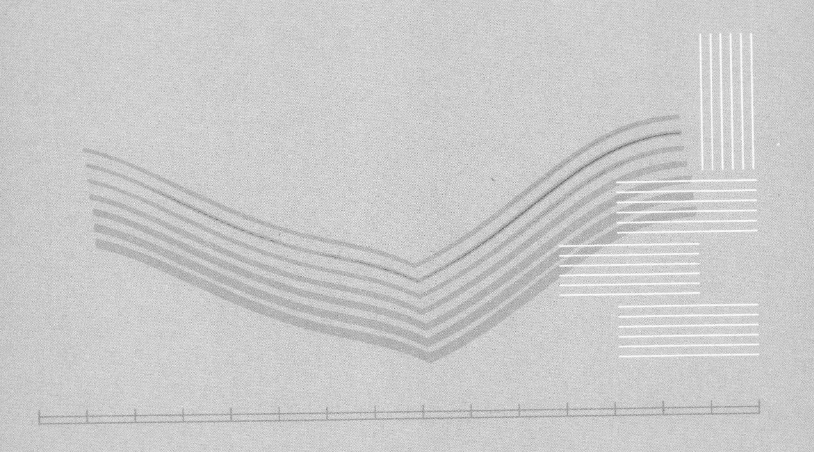

혼자 보는 조조영화의 쾌적함,

한낮의 청계천 위로 자글거리는 소박한 윤슬,

대형서점 특유의 책 냄새와

서가 틈으로 숨어들어 누리는 소외감….

이제는 취향이 된 흔적들은 대체로

내 기분을 달래기 위한 시도로부터 발견되었다.

✦

매일 아주 많은 기분들이 내 하루에 머물다 사라진다. 기분 관제탑은 (그런 게 정말로 존재한다면) 나를 구성하는 여러 기관 중 내가 드물게 신뢰하는 기관인데, 그건 아마도 학창 시절의 실수를 수정하면서 다져진 내공 덕분일 것이다.

은은하게 길었던 사춘기. 대체로 저기압인 채 아침을 맞았다. 친한 친구들이랑 인사하는 것조차 뜻대로 안 될 정도로 기분이 가라앉아 있는 날이 잦았다. 대충 눈인사만 나누고 자리에 엎어지면 곧 1교시가 시작됐다. 그러면 어김없이 배가 아팠다. 기분은 미리 알았는지도 모른다. 아무리 단정한 마음으로 등교를 해도 어차피 곧 배가 아프리란 것을. 나는 정말이지 배가 참 자주 아픈 아이였는데, 어른들에게 배탈은 엄살로 치부되기 십상이라는 것도 곤란한 일이었다.

억울한 기분을 달래는 내공이 쌓인 건 아무래도 이때부터였던 것 같다. 배가 아프다고 하면 "꾀병 아니야?"라는 말을 하도 많이 들어서 정말로 꾀병인가 싶을 정도였으니까. 이미 배가 아파 기분을 잡쳤는데 내 배앓이의 진위를 갖고 선생님과 실랑이를 벌이고 싶지 않았다. 그냥 평소에는 얌전하지만 가끔 이상하게 억지를 부리는, 은근히 불성실한 학생으로 남는 편이 더 빨리 기분을 복구하는 방법이었다. 언제나 출결보다 내 기분이 더 중요했으니까. (하지만 오직 기분만을 위해서 너무 쉽게, 혹은 너무 빨리 인정해 버리는 일이 오히려 내 안에서 쓸데없는 고집을 키우거나 왜곡된 나를 만든다는 것을 그때는 알지 못했다.)

대체로 2교시쯤, 소독약 냄새를 맡으며 빳빳한 침대 위에 누워 있으면 배 속을 뛰어다니던 영문 모를 심통이 서서히 퇴장하는 게 느껴졌고, 3교시가 끝나갈 즈음이면 기운이 좀 났다. 납작하게 말려 있다가 물을 부으면 금세 통통하고 촉촉하게 솟아오르는 물티슈처럼, 아침엔 입을 꾹 다물고 있다가 해가 높이 뜨면 점차 풀어지는 나를 친구들은 그러려니 하며 이해해 줬다. (친구들은 이미 각자의 기분 관제탑에 유능한 관제사를 고용했었는지 모른다.)

현명하게 너그러운 친구들 틈에서 조용히 속을 끓으며 저 혼자 지지고 볶는 것만으로는 안 될 것 같은 날. 그러니까 내 기분을 챙기지 못해서 다른 사람의 기분까지 상하게 만들 것 같은 날엔 보건실보다 좀 더 멀리 나갔다. 혼자 보는 조조영화의 쾌적함, 한낮의 청계천 위로 자글거리는 소박한 윤슬, 대형서점 특유의 책 냄새와 서가 틈으로 숨어들어 누리는 소외감…. 이제는 취향이 된 흔적들은 대체로 내 기분을 달래기 위한 시도로부터 발견되었다. 나는 몇 시간이고 가뿐히 걸을 수 있으며 햇볕을 충분히 쬐면 기분이 즉각적으로 좋아지고, 그런 순간엔 늘 혼자라는 사실에 당혹스러워하는 대신 내가 때때로 그 외로움을 필요로 한다는 것을 빠르게 깨달았다.

그걸 반드시 십 대 때 알아낼 필요는 없었다고 이제는 생각하지만.

왜냐하면 그 '앎'은 반드시 깨어지기 마련이니까.

어렸을 때는 스스로를 잘 파악하고 있다는 착각이 엄

청난 자부였는데, 이제는 아무래도 나를 잘 모르겠다는 혼란만 매번 업데이트되고 있다. 내가 의도를 갖고 만들어가는 새로움이 아닌, 툭툭 불거져 나오는 낯선 내 모습은 당황스럽기만 하다. 예전처럼 1:1로 처방하듯 달래주기엔 시간도, 체력도 아까운데. 10대에는 고정된 자기로부터 일탈하며 알게 되는 자신이 있었지만, 지금은 그런 상상만으로도 피로해진다. 이미 친해진 모습들과도 가끔은 떨어져 지내고 싶으니 말이다.

삶의 우선순위에서 내가 (여러 나'들' 중에서도 유독 성가신 내가) 조금씩 밀려나는 희열과 평안이 있다는 것은 좀 더 나중에 알게 된 사실이다. 나 자신이 별로 중요해지지 않는 순간이 나를 아무렇게나 대하겠단 뜻이 아니라는 것도 말이다. '모두에게 좋은 사람이 될 수 없다'는 말에서 그 '모든'에 설마 나 자신도 포함될 줄이야. ('모든 나'를 끌어안을 필요가 없구나!) 나로부터 탈락되는 나를 보며 쓸쓸하기도, 때론 홀가분해지기도 하는 사이 시간은 흐르고 나이를 먹는다.

기분 하나하나에 끌려다니지 않고 기분을 통제할 줄

알게 되면서 내가 오랫동안 스스로한테 너무 예민하게 반응했음을, 내 비위를 맞추는 데 너무 열성이었음을, 때문에 삶이 편안해지기보다 오히려 피곤한 쪽으로 기울어졌음을 인정하게 됐다. 지금은 늘 좋은 기분을 유지하려 애쓰기보다 좋지 않음이 곧 나쁜 상태인 것은 아님을 받아들이게 되었다. 기분의 비위를 맞추려 전전긍긍하기보다 이 기분에 뚜렷한 근거가 있는 게 아닐 경우, 보통 내버려두면 알아서 수그러든다는 것을 확인하기도 한다. 호들갑을 떨며 나를 다스리기보다는 적당히 무감해지는 방식으로 나의 자생력을 믿게 되었달까.

그러므로 이십 대 후반부터 친구가 된 이들이 가끔 내게 한결같다, 일관되다는 이야기를 해줄 때마다 신기해하면서도 안도한다. 내가 나를 어쩌지 못해서 변덕스럽게 군 날들이 없던 것처럼 지내고 있구나, 인증받은 기분이다. 그러다가도 한편으론 더는 나를 탐색하기보다 그냥 받아들이는 게 쉬운, 약간은 절전모드로 살아가는 어른이 된 것 같아 울적하기도 하다. 인간은 왜 정반대의 행복을 동시에 추구하게끔 만들어졌을까?

사람은 잘 변하지 않는다는 쪽에 더 동의하는 편이지

만, 변해가는 과정에 있는 사람도 있다고 말하고 싶다. 그러니까 완전히 달라진다는 건 있을 수 없고, 다만 언제까지고 변하는 상태에 머물러 있는 것만 간신히 가능한 게 아닐까, 하고.

최근에는 청소년 소설을 읽다가 문득 주인공에게 학창 시절 일기를 검사하던 선생님처럼 답글을 달고 싶어졌다. 열일곱 해나가 쓴 일기와 99퍼센트로 닮은 일기를 썼던 기억이 떠올랐기 때문이다.

> '나아지지 않는 날 데리고 산다는 건… 너무나 힘든 일인 것 같아.'
> 라디오에서 우연히 들은 밍기뉴의 노래 가사다. 내 맘 같네. 휴! 나… 나아질 수 있을까? 나를 어떻게 어디로 데리고 가야 하지? 나는 웅크리고 있지만 그래도, 하루가 갔다. 간신히!*

반드시 나아진다고 장담할 수 있지만 문제는 다시 별

---

* 박하령, 《열일곱, 오늘도 괜찮기로 마음먹다 : 해나의 다이어리》, 책폴, 2022.

로가 되는 순간도 분명히 온다는 사실을, 해나가 미리 알 필요는 없겠지. 하지만 계속 일기를 쓰기만 한다면 언젠가 지금과 아주 다른 일기를 쓰게 될 거라는 것. 나는 내가 바라는 모습보다는, 내가 예상하지 못한 방식으로 달라질 텐데 때로는 그걸 희망이자 가능성으로 나아갈 수도 있다고, 인스타그램 스토리에 책 사진과 함께 게시해 두었다. 그러고 보니 이날의 기분은 좀 괜찮았나 보다.

재능 유전자

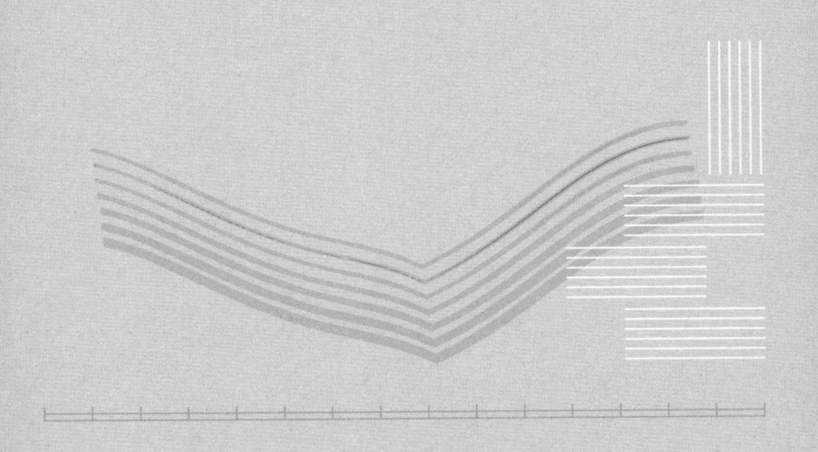

언젠가 엄마와 나란히 누운 어느 밤 건넸던 말을

이제는 내게 돌려줄 수도 있겠지.

"엄마는 사는 데 재능이 있는 것 같아."

나도 사는 데 재능이 있는 것 같아.

내가 다름 아닌 엄마의 딸이기 때문에.

집 앞 사거리에서 횡단보도 신호를 기다리고 있을 때였다. 팔에 닿는 햇빛은 다정하고 불어오는 바람은 시원해서 이대로 가만 눈을 감고 서 있기만 해도 좋겠다 싶은 초여름이었다. 살짝 젖혀 있던 고개를 바로 세우는데 옆 블록에 우뚝 서 있는 건물이 눈에 걸렸다. 지난 한 해 엄마가 난소암과 사투를 벌이던 종합병원. 신호가 바뀌고 대각선 방향으로 길을 건너자 파란 병원 간판이 서서히 시야에서 멀어졌다. 휴무일에 엄마의 연락을 기다리며 병원 주변을 맴도는 것이 아니라 그곳으로부터 등을 돌리고 공원길로 향하는 오후가 문득 낯설었다.

작년 이맘때의 나라면 아마 저 병원 안에 있었을 텐데. 3주에 한 번씩 항암 치료를 받아야 하는 엄마를 부축하며 입원 수속을 밟고, 보호자 팔찌를 차고, 종잇장 같은 엄마가 구겨지지 않도록 조심하며 환복을 돕고,

입원 기간에 필요한 물품을 침대에 누워서도 손에 닿기 쉽게 정리하고, 피검사와 혈압을 재러 오는 간호사가 최대한 천천히 방문하기를 기다리며 엄마와 잠시 대화를 나누다 저항 없이 흐르는 눈물을 닦던 장면들이 빠르게 지나갔다.

코로나 시국이었으므로 "보호자는 이제 나가주시면 됩니다"라는 안내를 들은 후에도 한참을 더 커튼 뒤에 숨어 엄마를 바라보다 떠나던 날들. 엘리베이터 앞까지 배웅을 나오던 엄마는 점차 눈도 마주치지 않고 속눈썹이 다 빠진 눈을 꾹 감고만 있었다. 속눈썹이 없는 눈은 마치 안에서 잠근 문 같아서 바깥에서 아무리 열려고 해도 열리지가 않았다. 아픈 엄마 앞에서도 철없이 서러움이 일 때면 내가 떠난 뒤 홀로 병실을 견뎌야 하는 엄마의 외로움을, 시골집 마당에서 나무처럼 엄마의 퇴원만을 기다릴 아빠의 외로움을 생각하며 내 입장을 축소시켰다.

항암이 거듭되는 동안 엄마의 '죽고 싶다'는 하소연이 '죽을 거야'로 바뀌어도 나는 그런 엄마가 야속하고 겁이 나기보다 도대체 어떤 게 엄마를 위한 것인지 알아내고 싶은 마음뿐이었다. 혹시 엄마에게 정말로 죽음이 필요한 거라면 어쩌지,라는 질문으로까지 치닫고 나면 가슴에 차가운 폭탄이 떨어진 것처럼 공허하고 서늘해졌다. 딸 사랑과 집착이 유난스러운 엄마가 내가 없는 세상으로 가고 싶을 만큼 지금이 고통스러운 거라면, 아무래도 나는… 방법은 도무지 모르겠지만… 엄마가 원하는 대로 해줄 수밖에 없을 테니까. 그런 허튼 생각과 이명으로 뒤범벅된 새벽을 보내면 다시 아침이었다. 엄마가 밤을 견뎌줘서 고마운 마음과 그렇게 살아서 뱉는 말들로 꺼져가는 마음이 팽팽한 줄다리기를 하느라 진이 빠지는 하루가 반복됐다.

누군가의 주보호자가 된다는 건, 감당해야 할 고통이 늘어남을 의미하는 것이 아니라 오히려 고통을 축소하는 과정의 시작이라는 걸 깨달았을 즈음엔 아홉 번의 항암과 두 번의 수술이 끝나 있었다.

끝났구나,라는 생각이 스치자마자 눈가로 열기가 몰렸다. 눈앞의 마뜩한 풍경이 순식간에 흔들거렸다. 지난 1년이 나에겐 끝나버린 현실일지 몰라도 엄마에겐 깊은 수술 자국과 두 팔 가득 착색된 주삿바늘 흔적을 남겼고, 치료약의 부작용과 후유증으로 이어지는 현재라는 사실이 새삼스레 밀려왔다. 그러니까 이 눈물은 엄마의 항암이 잠정적으로 중단된 오늘을 향한 안도라기보다 어느새 간병의 시간을 흐릿하게 기억하는 스스로에 대한 황당함에 가까웠다. 잊는 것으로 그 시절을 위로받고 싶지 않은데 이미 그러고 있는 것 같아서 배신감마저 들었다.

이 이상한 마음의 출처를 안다. 당장 내일부터 엄마가 곁에 없을 수도 있다는 두려움으로 잠이 드는 밤. 그런 나쁜 짐작에 대비할 수 있는 방법은 없다. 엄마 없이 살아갈 나의 기대수명을 셈하며 아득해질 뿐. 그 해로운 반복 속에서도 나는 내가 이 삶에 얼마나 의욕이 있는 사람인지를 자꾸만 확인해 나갔다. 소설 수업을 듣고, 각종 모임을 진행하고, 뒤풀이를 하고, 콘서트를 예매하고, 작사 학원을 등록하고, 여행을 가고…. 또 뭐가 있더라. 내가 괜찮아져도 되는지 묻기도 전에 이미 그러할 궁리를 하고 있는 나를 어떤 표정으로 바라봐야 할지, 종종 마음이 복잡했다.

자주 고꾸라지는 1년이라고 생각했는데, 실은 악착같이 꼿꼿해지려 했던 시절이었다. 그런 스스로를 기특해하면서, 징그러워하면서 한 해를 맞았다. 암세포로부터 엄마를 지킬 수는 없어도 투병하는 엄마를 지탱할 수 있을 만큼은 강해져야 한다는 다짐은 결국 내 삶을 단단하게 만들었다.

요즘 엄마는 내게 암 병력을 물려주진 않을까 전전긍긍한다. 평소에도 내가 당신을 닮았다는 말을 싫어하는 사람이었다. '네가 왜 나를 닮아, 너한텐 내가 고운 거, 좋은 것만 주었는데.' 나를 너무 좋아해서, 당신한테 내가 너무 귀해서. 그런데 나는 밖으로도 안으로도 어쩔 수 없이 엄마와 비슷해지고 있다. 나를 구성하는 대부분의 세포는 노화되고 있을 뿐이지만, 엄마를 닮아가는 일은 이제부터 시작이라는 듯 부지런히 엄마를 닮아가는 중이다. 그리고 그게 싫지 않다. 엄마가 암 투병을 한 뒤로는 더욱더 그렇다. 나는 이제 엄마의 '사는 재능'을 추가로 닮아갈 테니까.

그러니 언젠가 엄마와 나란히 누운 어느 밤 건넸던

말을 이제는 내게 돌려줄 수도 있겠지.

"엄마는 사는 데 재능이 있는 것 같아."

나도 사는 데 재능이 있는 것 같아. 내가 다름 아닌 엄마의 딸이기 때문에.

선천적으로 몸이 약한 엄마 때문에 나는 내가 기억하는 아주 어린 시절부터 불어야 할 촛불이나 빌어야 할 대상 앞에서 오직 엄마의 건강만을 기도하며 자랐지만, 그래도 엄마를 '아픈 엄마'라고 여겨본 적은 별로 없었다는 것을 깨닫는다. 오히려 엄마는 기를 쓰고 살아가는 강한 엄마에 더 가까웠다.

그러고 보니 간병 기간 중 기도를 하다 떠올라 웃음 짓던 문장이 있다. "내가 죽은 후에도 아지랑이가 낀 듯한 봄날의 산이 몽실몽실 웃음 짓고, 목련꽃도 벚꽃도 변함없이 피리라는 생각을 하면 분하다."*

엄마도 꼭 같은 마음일 것 같아서.

상실에도 가능성이란 게 있다면, 상실이 영원히 상실이기만 하지는 않을 거란 것 아닐까. 우리가 뭔가를 잃

---

* 사노 요코, 《하나님도 부처님도 없다》, 유혜영 옮김, 눈과마음, 2005.

었을 때 생겨난 공백은 언제까지나 조심하며 피해 가야 할 구멍이 아니라, 언젠가는 반드시 뛰어넘을 수 있는 지지대를 만드는 연습을 하게 하는지도 모른다. 그런 의미에서 '살아간다'는 건 내가 지나온 시간을 앞으로 올 시간들로 인해 재해석할 기회를 얻는 것 아닐까. 시간이 지났기 때문에, 혹은 지나야만 드러나는 뜻밖의 그럴듯한 모습들이 있으니까.

며칠 전엔 친구가 김지연 작가의 소설 〈공원에서〉의 주인공이 했던 말을 보고 나를 떠올렸다고 했다.

> 문득 나는 내가 사는 걸 무척이나 좋아한다는 걸 깨달았다. 그건 처음에는 너무 뜬금없고 이상한 감정처럼 느껴졌는데 점점 선명해졌다. 뜻대로 된 적은 별로 없지만 나는 사는 게 좋았다.*

나는 역시 박문자의 딸이 맞다. 그리고 이건 어쩌면 젊었을 적 엄마에게 머물렀을 마음 같기도 하다. 엄마

* 김지연, 〈공원에서〉, 《마음에 없는 소리》, 문학동네, 2022.

는 그렇게 살아서 지금도 내 곁에 살아 있으니까.

문득 곤두박질치는 마음을 바라보는 일을 피할 수는 없을 것이다. 간병 이전의 시간으로도 절대로 돌아갈 수 없겠지. 하지만 무시로 나를 붙드는 장면에 속하더라도 잠시 마음이 미어질 뿐, 나는 다시 사는 데 재능을 발휘할 것이다. 그런 내게 위악을 부리기보다는 스스로를 미더워할 수 있다면 좋겠다.

*

요즘 나의 사는 재능은 돌탑이 즐비한 동네 화단에서 발견되었다. 오랜 시간 무심했던 그곳을 엄마가 아픈 뒤로는 출퇴근길마다 작은 돌 하나씩 올렸더랬다. 장마에도, 폭설에도 그 자리에서 높아지고 또다시 쌓여가는 돌탑들을 보면서 엄마의 퇴보와 차도를 반복하는 시간에 혼자서는 어려운 희망의 무게를 얹곤 했는데. 최근에 화단을 갈아엎는 공사를 보며 조금 망연한 심정이었다. 그런데 어느새 정비된 조경 사이사이 돌탑이 그대로 (전부 같은 돌, 같은 자리는 아니겠지만) 쌓여 있는 게 아닌가. 누가 무너진 돌들을 빠르게 그러모았을까. 어떤 상상을 해도 가슴에 기분 좋은 묵직함이 느껴졌다. 비가 내린 뒤여서인지 돌탑 주변으로 키 큰 들꽃들이 피어 있었다.

오랜만에 돌 하나를 올릴까 하다가 다른 이의 자리를 위해 남겨두었다. 이미 며칠째 올려야지, 올려야지 하면서 지나친 터였다. 잠깐 고민했지만, 오늘도 마찬가지였다. 습한 공기를 헤치며 걷는데도 어쩐지 기분이 상쾌했다. 나에게 남겨두는 마음이 생겼구나. 딱 하루만, 당장 오늘만 괜찮기를 바라던 때가 있었는데 어느새 내일이, 다음이 오기까지를 기다릴 수 있는 시기로 넘어왔구나.

멈칫하는 대신 흘러가는 시간을 느껴본다.

2022년 5월 10일의 간병일기

3월이 끝나갈 무렵 들이닥친 엄마 암 판정, 수술, 그리고 1차 항암에 다다르는 데 딱 한 달밖에 걸리지 않았다. 앞으로 3주간의 간격을 두고 2차, 3차 항암과 또 한 번의 수술이 예정돼 있다. 그러면 여름 한

가운데에 도착해 있을 것이다. 시간은 정말 쏜살같이 흐르니까. 그건 다행인 동시에 조금 무서운 일이다. 처음엔 정신이 없기도 없었지만, 예고 없이 쏟아진 불행들을 하나하나 되짚어 생각하면 머리도 아프고 가슴도 슬프니 그냥 엄마가 암에 걸렸다,로 일축해 버린 채 한 달을 흘려보냈다. 시간에 기대서 어떤 시간들을 모른 척하기란 얼마나 쉬운지. 결국 엄마와 나의 시간이 내 안에서나마 조금 천천히 이어지도록, 그럼에도 불구하고 피어나는 기쁨이 존재한다는 걸 잊지 않도록 기록해 둘 계정을 따로 만들었다. 언젠가 엄마와 나의 이야기를 쓰게 되지 않을까 막연히 짐작했던 미래가 조금 앞당겨진 셈 치기로 하면서. 이 시간을 기록하는 건 어떤 의미를 찾기 위해서라기보다는, 그냥… 나라는 인간으로 살아가는 데 알맞은 모양이라는 생각이 든다. 아직은 삶이 계속된다는 걸, 생각만큼 쉽게 사라지지 않는다는 걸 노력해서 의식해야만 버틸 수 있는 날들도 있으니까. 무언가를 잘 알아보기 위해 기록하고, 그런 이해를 바탕으로 결국 더 오래 기억하게 되는 삶. 나는 지금까지 그렇게 살아왔고, 앞으로도 그렇게 살게 될 거란 예감. 5월도 믿을 수 없이 빠르게 지나가겠지. 그리고 돌아보면 믿을 수 없이 귀한 순간들이 내게 남아 있을 것이다. 지난 4월이 그랬던 것처럼.

도망치기 전에 떠나기

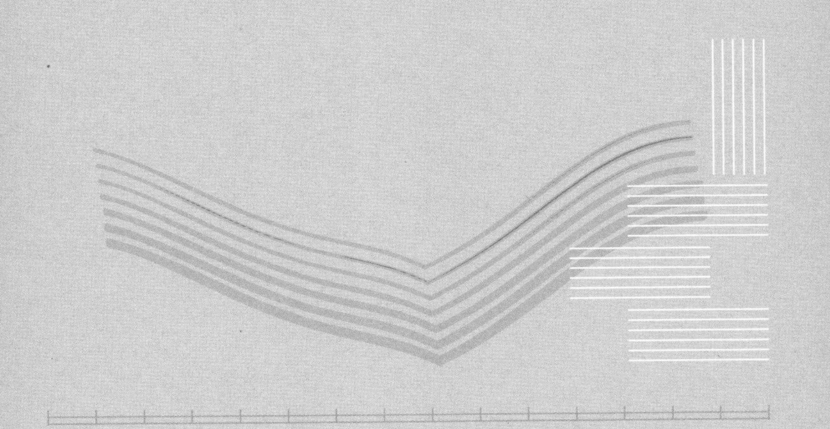

오랜 친구를 만나러 간 여행은

우리가 함께한 시간들이 저 멀리 달아난 것이 아니라

각자의 곁에 차곡차곡 쌓여 있다는 것을 알게 해주었다.

시간은 지금 이 순간에도 망연히 흐르고 있지만,

우리가 원하기만 한다면 충분히 느낄 수 있게끔 증거를 남긴다.

✦

해가 바뀌고, 엄마의 항암 치료가 일단락되었을 때 친구들은 나에게 잠시 떠나라고 했다. 익숙해질 만하면 달아나기를 반복하는 현실에 어떻게 하면 잘 붙어 있을 수 있을까, 시시때때로 모습을 바꾸는 삶과 어떻게 하면 더 친하게 지낼 수 있을까를 고민하는 나에게 연신 떠나도 괜찮다는 말을 했다. 마치 내가 그리 말해주기를 바란다는 걸 알고 있다는 듯이. 하지만 나로서는 엄마의 항암 중단 소식을 듣자마자 회복기에 돌입한다는 것이 상상만으로도 사치스럽게 느껴졌다. 어정쩡한 미소로 주변의 축하를 받으며 1월을 보냈다. 밤이면 항암 후유증으로 흐느끼는 엄마의 전화를 받는 날들이 계속되고 있었다. 여전히 슬프긴 해도 예전만큼 괴롭지는 않았다. 이제 괴로움은 엄마가 아닌 나로부터 왔다. 일기를 쓰려고 책상 앞에 앉으면 일상에 집중하고 있던 한낮을 떠올리다 남아 있는 슬픔을 잘도 잊었다는 생각에 마음이 굳었으니까.

다만 간신히 적응한 정서적 간병이 안도를 넘어서 문득 안락하다고 느끼는 날엔, 내 안의 어딘가가 망가진 게 아닐까 겁이 났다. 엄마가 언제 다시 아플지도 모른다는 불안이 나로 하여금 현재에 충실하고 있다는 착각에 빠지게 만들었던 것이다. 실상은 그저 옴짝달싹 못하고 멈춘 것과 다름없는데.

이러다가는 달아나 버리겠는데,라고 생각한 건 에고서치를 하던 어느 새벽이었다. 오래전 만든 독립출판물의 후기가 비교적 최근에 업데이트돼 있었다. 삶에 지나치게 열중한 나머지 그 애정에 부응하는 것이 버거워 도망가 버린 어린 날의 베를린 여행기가 그곳에 있었다. 내가 다름 아닌 나로부터 벗어날 수 있다고 믿었던 순진했던 시절, 두 달간의 여행은 그것이 어떻게 깨어졌는지 기록하는 방식으로 이어졌다. 그리고 블로거는 자신이 베를린에 갔을 때 느꼈던 모호한 마음과 막막한 기분을 내 여행기를 읽으며 확인할 수 있었다고 말했다.

왜일까. 누군가에게 읽힐 것을 알고, 혹은 기대하며

글을 쓰고 만들었으면서도 막상 누군가 읽어주면 꽁꽁 봉인해 둔 것을 들킨 기분이 든다. 멀어지고 싶어 쓴 글이 누군가에게 닿았다는 이유로 나와 단숨에 가까워지기 때문이겠지. 얼마든지 가까워져도 괜찮은 글 같은 거, 나 같은 건 없을까.

독립출판물 《베를린 감상집》의 맨 마지막 페이지에는 무작정 떠나버리는 실수를 막기 위해 이 책을 만들었다고 쓰여 있다. 세상에는 절대로 돌아보고 싶지 않아서 오히려 잊지 않는 방식을 택하는 사람도 있는 것이다. 갑자기 불러일으켜진 베를린을 뒤로한 채 잠을 청하려는데, 다시는 도망치는 여행을 하지 않겠다는 다짐이 말을 걸어오는 듯했다. 단단히 꼬인 표정으로, 그러나 어딘가 묘하게 선심을 쓰는 말투로.

'근데, 너 까딱하다가는 곧 그럴 것 같은데.'

'도망치고 싶기 전에 먼저 떠나보는 건 어때?'

과거의 나는 때때로 같은 실수를 반복하게 만드는 함정 같다. 비교적 평온해 보이는 지금의 나를 질투하는 것 같기도 하다. 하지만 이렇게 생각해 볼 수도 있지 않을까. 이번에는 다른 결말을 맞이할 기회를 주기 위해 오랫동안 이 타이밍을 기다려왔던 건지도 모른다고. 그러니까, 내가 조금 자라 있기를 기대하며 말이다.

대만과 L의 돌봄

2023년 2월, 타이베이에서 5일을 머물다 뉴욕으로 건너가 열흘을 지내고 돌아오는 비수기의 여행을 떠났다. 모두 내가 가도 될까, 갈 수 있을까를 의심하게 만든 여행지였다. 그러나 공항에 마중 나온 이들의 얼굴을 보니 두 도시는 실은 내가 오고 싶었던 곳, 그리고 생각보다 가까운 곳이라는 것을 깨달았다.

대만은 옛 애인의 나라다.

언제까지나 함께이고 싶다면 외면해선 안 될 문제들을, 당장 함께하기 위해 아슬아슬하게 외면해 온 L과 나는 팬데믹을 핑계로 터트린 뒤 비겁하게 이별했다. 전화나 문자로 이별을 통보하는 것이 잠수이별 다음으로 못 할 짓이라지만, 선택의 여지가 없었다. 내가 한국에, 그리고 L이 자신의 나라로 돌아가 있을 때 우리는 카카

오톡의 통화와 메시지 기능에 의지해 마침내 이별에 다다를 수 있었다.

다행이라고 해야 할까? 이별 후유증에 시달리며 서로를 향한 원망 혹은 그리움을 키워나갈 여유는 없었다. 전 세계에 닥친 재난을 이해하고 그로 인한 누수들을 수습하는 데 익숙해져 있을 땐 이미 3년이 지나가 있었다. 그리고 어느새 뉴스 헤드라인을 장식하기 시작한 '엔데믹'이란 단어를 다소 갸우뚱하며 지나치던 나날 속에서 한국으로 돌아온 L과 마주쳤다. 아무런 앙심도 사심도 없이 L을 몇 초간 바라보다 나도 모르게 손을 내밀었다. 망설이다 맞잡아 오는, 그러나 악수할 의지가 분명하게 느껴지는 손을 흔들며 나는 비로소 팬데믹의 종식을 피부로 실감했다. 그간 온갖 것들을 돌보면서도 모른 척 방치해 둔 이별을 향한 인사까지도 포함이었다.

그렇다고 L과 허물없는 친구까지 되기를 바란 것은 아니었는데.

서로 간의 밀린 근황이 정리되어 갈 즈음 L은 내게 회복여행을 제안했다. 이별여행, 환승여행, 심지어 재결

합여행도 아닌 회복여행이라니. 나의 손짓을 L이 짧고 미지근한 악수로만 받은 것처럼, L이 말하는 회복여행 또한 말 그대로 가족을 돌보며 지친 내 마음을 달래주는 ("굳이 네가 왜?"라는 의문은 차치하고) 패키지 프로그램인 양 즐기면 되는 것 아닐까. 나는 뻔뻔하게 타이베이로 가는 티켓을 끊었다.

도심 한복판에서도 식물원을 떠올리게 만드는 풍경, 커다란 초록색 물방울 속을 걷는 듯 온난한 기후. 그 안에서 나의 뾰족했던 일부가 둥글게 다듬어지는 기분을 오랜만에 느껴보았다. L이 운전하는 차 조수석에 앉아 내가 좋아하는 음악을 틀고, L이 예약한 식당에 가서 서로가 요즘 골몰하는 고민을 털어놓고, 한때의 우리가 그랬듯 L은 존재조차 몰랐던 곳을 내가 발견해 내는 오후의 반복 또한, 생각 외로 어색하거나 혹은 예고 없이 짜릿하거나 하지 않고 딱 기대했던 만큼 편안했다. 물론 L의 집을 정말로 나 혼자 차지하고 마는 순간에는 (그는 여행 내내 나를 본인 집에 머물게 하고 자신은 할머니 집에서 지냈다) 놀라움이 가장 컸지만, 고맙고 미안한 와중에도 깊이 잘 수 있었다.

대만에 십수 번을 갔어도 늘 L을 따라다니거나 L과 함께 다녔을 뿐, 스스로 여행 지도를 만들어본 적은 없어서 이번 여행은 뭔가 좀 다를 줄 알았다. 아니, 우리의 관계가 변했으므로 달라야만 한다고 생각했다. 실제로 이른 오후까지는 작업을 하거나 산책을 하면서 혼자 지냈지만, L이 나의 기상 시간에 맞춰 배달시킨 아침을 먹거나 L의 이웃들을 미처 피하지 못하고 눈인사를 나눌 때마다 이 여행은 나의 회복여행이기만 한 것이 아니라, 매 순간 L과 함께하는 여행임을 다시금 확인하곤 했다. 한때는 그런 이유로 대만 여행이 수월하게 기록되고 있다는 것, 자발적으로 헤맬 기회가 적다는 것이 종종 싸움의 원인이 될 정도로 불만이었다. 그런데 나이가 들어서인지, 그동안 내 나라에서 보낸 시간이 쉽지 않아서였는지, 아니면 우리가 의도 없는 호의를 베풀 수 있는 친구가 되어서인지 L의 배려 덕분에 사방이 온통 매끄럽기만 한 날들을 그저 순순한 마음으로만 대하고 싶었다.

돌이켜 보면 내게 대만은 그러려고 가는 곳이었다.

사는 데 자주 필사적이고 심각해지는 나를 느슨하게 만들어주는 곳. 아무런 노력도 들이지 않고 많은 것을 사랑해 볼 수 있는 곳. 무엇이든, 힘을 주지 않아도 되는 곳이었다는 걸 긴 시간이 지나 알게 되었다.

그러므로 L이 데리고 간 어느 사원에서 엄마와 통화를 마치고 딸꾹질이 날 정도로 울어버린 것도, 그곳이 단지 타국이어서가 아니라 대만이기 때문이라는 것을 인정할 수밖에 없었다. 층마다 치료와 약재를 관장한다는 신들에게 기도를 올리며 꼭대기에 다다랐을 때, 점심에 밥 한 숟가락도 넘기지 못할 만큼 아팠다는 엄마는 언제 그랬냐는 듯 전화를 걸어와 TV 프로 〈생생정보〉에서 대만에서만 재배된다는 사과*를 보았다며 한참을 신나서 묻더니 멋대로 끊어버렸다. 그건 내 온 신경을 녹초로 만드는 엄마의 단골 패턴이었지만, 엄마 속이 쓰린 것보다야 내 속이 흐물거리는 게 백번은 더

---

* 자바사과. 흔히 왁스애플이라 불리며, 대만에서는 '리엔우蓮霧'라고 한다. 엄마가 알고 있는 것과 달리 대만뿐만 아니라 인도네시아, 말레이시아, 태국, 캄보디아, 라오스, 베트남, 중국 등 동남아에서 널리 재배된다. 외형은 작은 조롱박을 닮았고, 스펀지 같은 흰 과육질은 얼핏 푸석푸석해 보이지만 수분이 가득 차 있다. 시원하고 단단한 솜사탕을 먹는 느낌이랄까. 아, 더 먹었어야 했는데.

나왔다. L은 멀찍이서 내 울음이 한숨으로 바뀌는 것을 기다리다가 의기양양한 표정으로 다가왔다.

"봐, 역시 이곳의 신이 네 기도를 들어주신 것 같아."

아무래도 그편이 가장 나은 결말 같아서 나는 야무지게 코를 풀며 웃었다.

대만을 떠나기 전 마지막 일정으로 L의 할머니 댁에 들렀다. 할머니는 내가 사 온 사과를 살펴보더니 더 싱싱하고 좋은 것이 있다며 야채 칸에서 새 자바사과를 꺼내주었다. 부엌 식탁에 기대 할머니가 먹기 좋게 잘라놓은 사과를 입에 넣으며 내가 조금도 알아들을 수 없는 두 사람의 대화에 귀를 기울였다. 미처 몰랐던 맛도, 아마 영영 이해할 수 없을 언어도 그저 포근하기만 했다. 그 순간 나는 L이 대뜸 회복여행을 제안한 날이 떠올랐다. 그 자상한 자신만만함은 바로 이런 거였구나. 누군가 나를 기꺼이 돌볼 수도 있다는 사실을 L은 내게 보여주고 싶었던 것이다. 여기서 한 번 더, 굳이 왜?라고 자문할 필요는 없겠지. 내가 좋아하는 어느 소설 속 문장처럼, 그냥에 왜냐고 묻지 않기로 한다.*

현관문을 나서는 내게 할머니가 디즈니랜드에서 샀다며 네잎클로버 펜던트를 건넸을 때, 나는 아주 오랜만에 사랑에 대해 생각했다. 그런 할머니의 뒤로 보이는 유리 장식장 안에는 여행 첫날 내가 건넨 '福' 자로 조형된 분홍색 향초가 눈에 가장 잘 띄는 곳에 세워져 있었다. 주고받은 감정을 헤아릴 틈도 없이 밀려오는 환대 앞에서 어려지는 기분마저 들었다. 촉촉해진 눈가로 엘리베이터에서 내리는데, L은 회사에 급한 일이 생겼다며 나를 공항까지 데려다주지 못해 미안하다고 했다. 솔직히 당황했다. 혼자 공항에 가게 되어서가 아니라, 나도 모르게 L이 당연히 나를 배웅할 것이라고 예상했다는 것에 당황했다. 그제야 지난 며칠간 내가 L의 일상을 얼마나 무심히 방해했는지 깨닫고 얼굴이 뜨거웠다. 뒤늦은 인사치레는 시간만 지체될 것이므로, 어서 올라가라고 L의 등을 떠밀었다.

결국 L이 불러준 우버이기는 해도, 혼자 택시를 타고 타오위안 공항에 가는 것은 처음이었다. 대만에서는 아

---

* 대사 원문은 다음과 같다. "나는 그냥에 왜냐고 묻지 않을게."(천선란, 《밤에 찾아오는 구원자》, 안전가옥, 2021.)

예 혼자 택시에 오를 기회 자체가 없었으니까. 기사님이 힘차게 달리는 만큼 창밖 풍경은 빠르게 뭉개졌다. 뭔가를 단단히 각오하고 도착했던 처음의 내 마음이 서서히 허물어지는 것 같았다.

흐릿했던 시야가 선명해지고, 다시 발을 땅에 디딜 차례. 양손에 하나씩 두 개의 캐리어를 끌며 탑승수속 카운터로 향했다. 끝이 나면서 시작하는 이야기처럼 나의 회복여행도 지금부터인지도 몰랐다.

지난 7년간 내 여권에는 10개도 넘는 대만 입국 도장이 찍혔지만, 떠날 때마다 '다시 올 수 있을까?'를 묻곤 했다. 늘 이번 마지막이면 어쩌지 하는 걱정은 아니고, 그래야 지금까지가 정말 나의 현실이었다고 비로소 체감할 수 있을 것 같은, 그런 꿈결 같은 기분에서였다.

이번 여행은 어땠냐고? 무엇도 단정 짓거나 짐작하지 않고 뉴욕행 비행기에 올랐다. 이다음은 잘 모르겠단 심정으로. 대만을 떠날 때 내가 확신할 수 있던 것은 이곳에서 뉴욕까지 열네 시간의 비행이 소요된다는 것뿐이었다.

혹시 꿈이 아닌가 헷갈릴 정도로 의아한 기억이 하나 있다. 10년 전쯤, 나는 도서관에서 《매거진 B》 '에이스 호텔' 편을 읽고 있다. 잡지를 넘기면서 언젠가 다른 뉴요커들이나 힙한 여행자와 마찬가지로 이 호텔에 투숙하기보다는 로비에 맥북을 두고 작업하는 내 모습을 떠올려본다. 당시의 나는 작업이라 부를 만한 일이 없었으므로 대충 블로그에 여행일기를 쓰는 정도였겠지만. 그래서인지 낯선 도시를 여행하는 상상은 더 나아가지 못한다. 10년 전만 해도, 해외여행 같은 건 나랑 어울리지 않는다고 생각했으니까. 그리고 그때까지만 해도 내 노트북은 하이마트에서 디스플레이 용도로 비치돼 있던 것을 정가보다 싼값에 구입한 분홍색 넷북이었다. 일명 '아이스크림'이라 불렸던…. 아무튼 뉴욕에 가더라도 그걸 들고 에이스 호텔에 들어갈 수는 없으리라 생각했다.

아주 잊고 있던 기억은 뉴욕 여행 막바지에 불현듯 떠올랐다. 우스운 고백처럼 털어놓으니 그날 밤 친구는 나를 에이스 호텔로 데려갔다. 친구가 좋아한다는 커피 마티니를 마시고, 우리 사이에 아주 오랫동안 회자될

궁극의 크림 브륄레를 먹고, 아쉬워서 시킨 화이트 와인은 천천히 음미하기보다 집에서 우릴 기다리고 있을 따뜻한 털 친구, 진저를 생각하며 빠르게 털어 넣은 뒤 겨울 거리를 걸었다. 그러면서 생각했다. H가 단 걸 좋아했나? 우리가 한국에서 한 번이라도 마티니를 나눠 마신 적이 있나? 우리가 언제부터 본격적인 각자가 되었지?

이제 에이스 호텔을 떠올리면 도서관 열람실에서 좁은 상상력으로 만족하는 내가 아니라 로비 카운터에서 서로 계산하겠다며 다투는 친구와 내 모습이 그려진다. 뉴욕에서의 열흘은 매일 내 삶의 규모를 체감하게 만드는 방식으로 나를 축소시켰지만, 내가 기억할 수 있는 현실의 범위를 엄청나게 넓혀주었다.

어째서인지, 나의 오랜 친구들은 일찍이 뉴욕에 매료되었다. 뉴욕에 함께 놀러 가고, 뉴욕에 공부를 하러 가고, 뉴욕에 공부를 하러 간 친구가 돌아오자 또 다른 친구가 공부를 하러 뉴욕에 가고, 그 친구를 보러 또 다른 친구들이 놀러 가고…. 심지어 그즈음 만나던 애인은 (L이 맞

다) 혼자만 뉴욕에 가서 미안하다며 그해 내 생일에 유효 기간을 오래 설정한 뉴욕행 티켓 쿠폰을 만들어 선물과 함께 건넸다. 그 모든 뉴욕들에 나는 한 번도 없었다.

끊길 만하면 다시 시작되는 돌림노래 같은 뉴욕. 도대체 뉴욕에 뭐가 있길래!라는 생각은 들지 않았다. 뉴욕에 뭐가 있는지, 적어도 세계시민으로서 알아야 할 만큼은 온갖 매체를 통해 알고 있었으니까. 내가 이미 알고 있는 뉴욕의 모습 중 직접 확인하고 싶은 것은 딱 하나밖에 없었다. 뉴욕에 가장 오랫동안 남아 있는 친구 H였다.

H를 여러 번 보고 온 S는 말했다. "너도 뉴욕에 가면 H가 얼마나 행복한지 알 수 있을 거야." 너도 뉴욕을 좋아하게 될 거야,가 아니라 너도 H의 행복을 확인하게 될 거야,라는 말이 반가우면서도 내내 마음에 걸렸다. 내가 뉴욕에 가야 하는 유일한 이유는 H뿐이고, 앞으로도 그러할 텐데. 나는 도대체 언제쯤 뉴욕에 갈 형편을 만들 수 있는 걸까?

그동안의 많은 일들이 그러했듯, H를 보러 가는 데 완벽한 타이밍 같은 건 존재하지 않았다. (그런데도 기다렸다는 소리다.) 오히려 더는 먹고사는 것을 핑계로 뉴욕행을 미룰 순 없다고 깨달은 것은 뜻밖의 순간이었다. 러시아가 우크라이나를 침공했다는 속보를 듣고 한 달이 지나지 않아 응급실에 실려 간 엄마는 암 판정을 받았다. 세계의 전쟁과 전쟁 같은 내 삶을 통과하는 동안 나는 종종 H를 떠올렸다. 이럴 줄 알았으면 진즉에 너를 보러 갈걸. 미래를 희망해야 하는데, 내가 희망할 수 있는 미래가 빠르게 사라지고 있었다. 그럴 때 할 수 있는 가장 확실한 희망은 지금부터 달라지는 거였다. 희망을 미래의 몫으로 두지 않고, 미래를 가능한 한 좀 더 가까운 미래로 당기기. 그리하여 결국 돈도, 시간도, 마음의 여유마저 가장 부족한 때에 뉴욕행 티켓을 끊었다. 엄마의 항암 치료가 겨울에 중단된 것은 또 다른 행운이었다. 비수기의 뉴욕은 달러 환율이 1600원에 육박하는 시절에 작은 위안이 되었으니까.

뉴욕에서 우리가 많은 시간을 함께한 것은 아니었다. H가 출근하면 나는 H의 반려견을 산책시키고 아침을 먹은 뒤 홀로 뉴욕을 탐방하다 저녁에 H와 재회하는 식으로 열흘을 보냈다. H는 휴가를 내지 못해 미안해했지만, 나로서는 시시때때로 공원 벤치나 도서관에 주저앉아 마감을 해야 했으므로 오히려 다행이었다. 한편으론 H를 반하게 만든 뉴욕을 혼자서 뜯어보듯 둘러보고 싶기도 했다. H의 뉴욕이 더는 환상이 아니라 현실이란 것을 알았으므로 더욱 그랬다.

친구가 설명할 필요도 없고, 나도 구태여 소개받지 않는 방식으로 마주한 뉴욕은 내 예상보다 훨씬 거대한 방식으로 근사했다. 너무 크고, 너무 화려해서 동시에 너무 지저분하고 너무 시끄러운 것이 당연해 보였다. 이렇게 압도적인 도시라면 무엇이든 가능하고, 무슨 일이든 일어날 수 있어 보였다. 꿈이든, 절망이든. 디테일한 아름다움 같은 것은 느껴지지 않았다. 진득하게 사랑에 빠질 구석이 없었다는 뜻이다. 아주 작은 구석조차 이미 너무 커다래서. 마음을 내어줄 타이밍을 놓치고 끝없이 압도만 당하다 어안이 벙벙해진 채 지하철역 입구에서 H를 만나는 날들이 이어졌다.

아침부터 브루클린 일대를 구경하다 화장실이 가고 싶어 들어간 애덤스 스트리트 도서관에 욕심 없이 한나절을 앉아 있던 첫날. 아이패드로 작업하다 천장까지 솟은 창문 너머로 하루의 색깔이 바뀌는 걸 지켜보던 하루는 평소와 다름없었지만, 마감 시간이 가까워져 문을 열고 나갔을 때 나를 덮칠 듯 솟아 있던 맨해튼 브리지와 허드슨강 건너편 도시의 울렁이는 야경은 비로소 내가 뉴욕에 있음을 실감하게 했다. 강가로 더 다가가지도, 다리의 중앙 부분이 잘 보이는 곳으로 다가가지 않고 한동안 굳은 듯 서 있었다. 움직이면 이 장면이, 느낌이 깨질 것 같았다. 물론 내가 움직인다고 균열이 날 리 없는 규모의 장관이었지만. 그래서 다음 날부터는 더 구석구석 힘차게 걷되 눈은 덜 깜빡이는 여행이 시작됐다.

뉴욕 공립도서관에서 만난 버지니아 울프의 일기장, 에드워드 호퍼 전시를 기부 입장으로 둘러봤던 밤, 모네의 수련보다 강렬했던 그의 해바라기, 워싱턴 공원에서 대마 냄새를 견디며 관람한 첼로 버스킹, 그리고 한국에서 S가 구글 지도에 별표를 찍어준 카페마다 만석이라 이름 모를 골목들을 더 오래 둘러볼 수 있던 주말 아침도 모두 좋았지만, 뉴욕에서 만난 가장 멋진 것은 뉴욕에 H가 있다는 점이었다. 뭐랄까, 뉴욕에서 만난 H는 테두리가 무척 선명했다. 그 선명한 느낌이 H를 뉴욕에서 살아남게 만든 것도 같았다. (어쩌면 살아남았기에 생긴 선명함인지도 모른다. 뉴욕은 뉴욕에 있음, 그 자체로 이미 뭔가를 증명한 것과 다름없는 도시이니까.)

이렇게 구체적이지 않은 말로 H에 대해 단언해도 되는 걸까 싶지만 어쩔 수 없다. 우리는 서로의 밀려 있는 일상을 너무 세세히 알려고 들지도, 닥쳐오는 내일을 지나치게 대비하려고 하지도 않았다. (솔직히, 둘 다 미래까지 신경 쓸 여력이 없었다.) 그렇다고 각자의 지금을 안줏거리 삼고 싶은 마음은 더더욱 없었다. 지난겨울, 우리가 뉴욕에서 대체 무슨 이야기를 나눴더라?

H와 나는 시시콜콜한 대화를 끝없이 잇기보다는 그저 너와 내가 존재하는 방식을 보여주면서 함께했다. 자신이 모르는 상대가 생각보다 많다고 느낄지언정 그 사이를 촘촘히 채우려 하지 않고 일단 가만 바라보면서. 떨어져 지낸 시간 탓에 간혹 서로의 행간을 잘못 읽으면 어쩌나 걱정이 되다가도, 네가 나를 어떻게 보든 그게 너라면 괜찮지 않을까 하는 믿음으로. 너무 상관이 있는 관계여서 아무려나 마음을 놓게 되는 사이.

이런 구구절절한 덧붙임은 모두 지난 여행에서 H를 충분히 들여다보지도, 나를 아낌없이 펼쳐놓지도 못했다는 나의 아쉬움이 만들어낸 자기 위로에 불과한지도 모른다. 하지만 뉴욕을 대표하는 작가 비비언 고닉도 말하지 않았는가? "내가 털어놓는 것이 곧 나 자신이라는 생각, 그것은 우리 문화의 대단한 착각"이라고.* 그래, 확실히 나는 무언가를 해소하러, 버려두고 오려 뉴욕을 간 건 아니니까. 오히려 방치했다고 여긴 시간을 가능한 한 잔뜩 회수하고 오고 싶었으니까. 지갑은 몰라도, 마음만은 넉넉한 친구가 되어서. 물론 그것이 얼마나 성공했는지는 또 다른 문제겠지만.

H와 함께한 시간에 아쉬움이 남을 때면 여행 중 인스타그램에 남긴 피드를 찾아보곤 한다.

나는 내 앞에 있는 친구가 행복해 보이고 엄마는

---

* "우정이라는 결속을 만들어내는 것은 오히려 우리 자신의 감정적 무능—공포, 분노, 치욕—을 인정하는 솔직함이다. … 우리가 원하는 건 상대에게 알려졌다는 느낌이다. 결점까지도 전부. 그러니까 결점은 많을수록 좋다. 내가 털어놓는 것이 곧 나 자신이라는 생각, 그것은 우리 문화의 대단한 착각이다."(비비언 고닉, 《짝 없는 여자와 도시》, 박경선 옮김, 글항아리, 2023.)

휴대폰 화면 너머 내가 행복해 보인다고 했던 어느 수요일.

그래, 이거면 됐지. 한 줄의 일기를 쓰고 완전한 기분이 들었던 이날을 기억하자.

오랜 친구를 만나러 간 여행은 우리가 함께한 시간들이 저 멀리 달아난 것이 아니라 각자의 곁에 차곡차곡 쌓여 있다는 것을 알게 해주었다. 시간은 지금 이 순간에도 망연히 흐르고 있지만, 우리가 원하기만 한다면 충분히 느낄 수 있게끔 증거를 남긴다. 시간에 겁먹지 않는 법으로 나는 누군가와 함께하는 시간을 좀 더 늘려보기로 한다. 그러니 나의 뉴욕 여행은 이번이 끝일 리 없겠지.

*

여행 내내 H가 나를 살뜰히도 찍어준 덕분에, 내가 뉴욕에서 H에게 가장 많이 한 말이 "가자!"라는 사실을 알게 되었다. 혼자 여행할 땐 할 필요가 없는 말. 걷는 건 혼자이지만 가는 건 함께다.

혜은 더하기

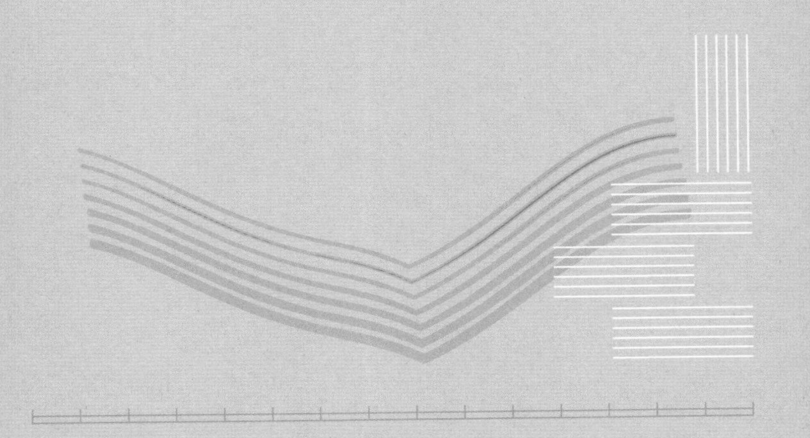

두 다리가 뻗어나가는 길은 발아래 하나뿐인 것 같은데,

손을 잡고 나란히 걷는 길은 언제나 여러 갈래로 펼쳐진다.

그렇게 이 삶을 설명하는 이정표가 늘어나는 것이 좋다.

혼자 노는 것도 재미있는데, 같이 놀면 더 재미있다는 것을 일찍이 알았다. 외동딸이었으므로 그 차이를 느끼기 좋은 환경이었다. 현관문을 닫고 손을 씻고 방에 들어오면 함께 있을 때 친구들이 부러워한, 누구와도 나눌 필요 없이 오롯하게 내 것으로 둘러싸인 사방을 보며 생각했다. 새 종이인형 놀이는 아껴뒀다가 9층에 사는 연주랑 해야지, 저 책은 어제 메일 주소를 교환한 지효가 왠지 좋아할 것 같아. 한동안 못한 레고놀이는 내일 옆집 동생 태환이랑 하고, 옆옆집 유근이랑 우민이 남매도 끼워줘야지…. 성별과 나이의 차이 없이 그 모든 아이들과 데칼코마니처럼 지냈다. 어릴 때 내게 친구는 같은 것을 하는 사이였다. 혼자서도 놀 수 있는데 같이 한다는 것은, 굳이 다른 것을 하고 싶어서가 아니라 같은 것을 함께하고 싶어서란 뜻으로 이해했다.

마침 나는 친구들이 뭘 좋아하는지 잘 알아차리는 타입이었다. 언제나 나보다 친구에게 더 관심이 많았기 때문이다. 친구들마다 서로 다른 스타일, 그들 각자가 좋아하는 것을 나도 좋아해 보며 닮아가는 건 재미도 재미였지만 충만한 기분이 들었다. 무엇보다 쉬웠다. 친구 A의 A-1이, 친구 B의 B-1이 되는 것이. 다들 저렇게 날마다 하고 싶은 것이 있구나, 신기해하며 롤러스케이트장이 있는 다른 동네 놀이터로, 상가 건물의 옥상이며 기찻길 아래 굴다리를, 태권도 도장과 노래방 등을 따라다녔다. 모험가 성향의 친구들이 잘 꼬인 것도 맞지만 또래였던 그 친구들도 누군가 눈을 반짝이며 함께했기 때문에 선뜻 앞장설 수 있었던 게 아니었을까? 혼자서만 느끼는 뿌듯함으로 뒤를 쫓았다.

그런 친구들과 함께하는 건 내내 즐겁다가도 어쩌다 한 번씩 난감해지는 순간이 생겼다. 친구들이 눈을 반짝이며 이번에는 혜은이 네가 좋아하자는 걸 하자고 할 때. 우리가 실은 너무나도 다른 사람이라는 게 드러나고 말 때, 나는 할 말이 없었다. 난, 그냥 너랑 있는 게 좋은데? 예상 밖의 순정이 돌아와 받는 사람 입장에선 때때로 부담스러웠을 것이다. 하지만 정말 그뿐이었다. 내가 가장 좋아하는 건 친구, 하고 싶은 것은 내 친구가 좋아하는 것…. 줏대도 취향도 없어 보이는 마음을 조금만 더 파고들면 그 안에서 의외의 매정함이 고개를 내민다. 내가 하고 싶은 건, 그냥 나 혼자 해도 되는데.

그러니까 혜은에게 혜은-1은 없었다는 것. 어쩌면 딱히 필요로 하지도 않았음을, 삼십 대 중반의 혜은으로 조금 시니컬하게 해석해 보는 것이다. 누구에게나 잘 스며들고, 모두를 다른 방식으로 편애하며 지낸 사람은 결국 혼자가 절실해질 수밖에 없다는 것을 이제 아니까. 나의 관대한 성정은 아이러니하게도 나를 더욱더 혼자로 이끄는 데 기여하며 변형되었다.

함께 이후에야 알아지는 나.

그렇다면 나는 아주 많은 친구들로 구성된 인간이 아닐까. 마치 모자이크 아트처럼, 모든 친구들의 얼굴을 합치면 내가 되는…. 아닌 게 아니라 나는 여러 관계 속에서 그들의 좋은 점을 발견할 때마다 나를 수정할 기회를 얻는다고 생각하니까. 물론 반대의 경우엔 굳이 골몰하지 않지만.

세기의 사랑은 차고 넘치지만, 세기의 우정이란 말은 별로 들어본 적 없다. 왜일까? 다니엘 슈라이버는 《홀로》에서 말했다.

> 우정의 비밀은 그것이 다양한 관계, 즉 아주 많은 것을 아우르는 관계들의 형태라는 것이다. 우리가 가족 관계나 연인 관계와 비교해 우정에 큰 의미를 두지 않는 이유는 어쩌면 우정을 명확히 규정하는 게 매우 힘들기 때문일지도 모른다. 오직 사랑만이 거대 서사를 요구할 수 있다. 우정은 작은 서사들을 수반한다. 미리 만들어진 모범 사례들을 마지못해 따라가는 수많은 작은 서사들 말이다."*

우정은 그 애매함과 사사로움 때문에 측정하기 어려운 관계라는 점에 동의한다. 우정은 상수가 아닌 변수. 그러나 세상의 온갖 변수 중 가장 관념적 상수에 가까운 상태. 변하지 않고 항상 일관되기를 기대하지만, 아

---

* 다니엘 슈라이버, 《홀로 : 우리는 모두 이 세상에 혼자 던져졌다》, 강명순 옮김, 바다출판사, 2023.

주 다양한 이유와 혹은 이유 없음으로 무너지고 흩어지고 사라지는 관계. 동시에 같은 이유로 얼마든지 쌓고, 모으고, 새롭게 빚어낼 수 있는 관계. 거대 서사를 요하는 다른 관계와 달리 우정은 애매하고 사사로우니까. 과연 우정에는 '세기'와 같은 거창함은 어울리지 않는다. 우정에 우정 말고 다른 수식은 필요 없어 보인다.

영화 〈여덟 개의 산〉을 관람하게 된 것은 순전히 "내가 뿌리 내릴 곳은 우정이었다"라는 카피에 끌려서였다. 평소에도 영화를 최소한의 정보조차 없이 보는 편인데, 친구에 대한 이야기라면 더욱이 앞서 궁금해할 이유가 없었다. 어떤 서사를 보여준대도 '그 장면은 정말 좋았어'라고 너그러워질 구석을 찾게 될 테니까. 마치 내가 친구들한테 으레 그러는 것처럼. 때문에, 혹시라도 영화가 '뿌리 내릴 수 있는 우정'은 극히 일부라는 듯 관계의 우위를 구분 짓거나 우정의 가능성에 제한을 둔다면 실망할 것 같은데,라는 걱정이 들기도 했다.

영화 속에서 브루노와 피에트로는 그들이 충분히 어릴 때 서로 엮임으로써 특별해지지만, 이후로는 느슨한 접촉을 유지하며 따로 또 같이 천천히 나이 들어간다.

이들의 우정은 한 시절의 아련함이나 간절함으로 묶이지 않는다. 단지 유년에서 청소년으로, 청년에서 어른으로 나이 드는 두 친구 앞에 들이닥치는 인생 안에서 그들 각자가 자기 삶에 유지하는 거리나 속도와 방향에 따라 우정은 몸집을, 표정을 달리했다. 영화가 보여준 우정은 그들의 성장과 세월 그 자체였다. 어느 한 시절을 독점하지 않고 마음껏 흘러가는 우정은 내가 알고 있는 우정과 꼭 닮아 있었다. 영화의 어조가 간결하고 담백해서가 아니다. 오히려 우리가 언제고 친구가 간절해지고 친구 앞에서 연약해질 수 있다는 점에서 그랬다. 더는 '우리'가 아닌 것처럼 멀어진 시절에도 우정은 어떻게 우리 곁에 남아 있는지, 그 상상력을 넓혀주는 영화였다.

그러므로 다시 슈라이버의 말. "우정은 정신적 붕괴와 관계의 실패가 모든 감정을 좌지우지하게 그냥 두지 않는다."

나의 멀고도 가까운 모든 친구들은 내가 정서적으로 무너졌을 때, 가족으로부터 달아나고 싶고 사랑에 상처받았을 때 이미 이런 역할을 해주었다. 나는 이 경험을 단일한 친구하고만 나누고 싶지 않다. 심지어 프리랜서와 소상공인을 동시에 겸하고 있는 직업 타임라인 속에 있다 보면 친교보단 전우에 가까운 우정을 쌓은 동료들의 구체적인 응원과 위로가 필요한 날도 많으니까.

혹시라도 이 글을 읽을 각각의 친구들이 서운해할까 걱정되지는 않는다. 왜냐하면 나는 나의 편애를 제법 자부하니까. 내 삶은 앞으로도 친구들을 가끔 내 인생에서 필요 이상의 우선순위에 올려두고 언제 어떤 마음을 줄까, 하나씩 관람차를 태워 보내듯 흘러갈 테니까.
(사실 서운함보다는 어리둥절한 표정을 지으며 나는 그런 사랑을 받아본 적 없다고 우기는 상황이 더 걱정되기는 한다.)

두 다리가 뻗어나가는 길은 발아래 하나뿐인 것 같은데, 손을 잡고 나란히 걷는 길은 언제나 여러 갈래로 펼쳐진다. 그렇게 이 삶을 설명하는 이정표가 늘어나는 것이 좋다. 어딘가에서 나는 휴게소를 찾아 헤매고 있고, 어딘가에서는 이제 막 떠나가 뒤도 돌아보지 않고 달리고 있다. 또 어딘가는 한참 통과하고 있는 중인가 하면 이미 도착해 오래 머물고 있는 곳도 있다. 그 모든 곳에, 서로 다른 친구들이 있다. 지금 내 삶의 현재 위치를 하나로만 잡을 수 없게끔, 나를 가리키는 이정표가 많은 것이 마음에 든다. 그 복잡한 길들을 나는 오래, 아주 오래 걸어야지.

매일을 쌓는 마음

초판 1쇄 발행 2024년 3월 21일

지은이 윤혜은
디자인 소요 이경란
펴낸곳 오후의 소묘

출판신고 2018년 8월 30일 제 2018-000056호
sewmew.co.kr@gmail.com

ISBN 979-11-91744-33-0 04810
979-11-91744-16-3(세트)

마음의
지도

감정과 마음을 깊고 넓게 들여다본 이들이 길어올린 문장으로
마음의 물성을 살피는 산문 시리즈

우울이라 쓰지 않고 문이영

매일을 쌓는 마음 윤혜은

작은 마음(근간) 고수리